a nuit

Collection Arcanes
dirigée par Joëlle Losfeld

dpt de Mango Littérature,
4, rue Caroline, 75858 Paris Cedex 17.
ISBN : 2-84412-030-X

Alina Reyes

La nuit

ÉDITIONS JOËLLE LOSFELD

Ils devaient guetter tous les trois, chacun derrière une meurtrière. Comme toujours, aucune lumière ne vient du château. Ce gros bateau de pierre en équilibre au sommet du piton rocheux, juste un peu plus sombre que la nuit où il s'enfonce.

C'est Stanislas qui ouvre la porte. Il tend un chandelier à trois branches où deux bougies brûlent. Il appelle la femme qui se tient immobile, là-bas, contre le portail. Mais le vent et la pluie emportent les paroles, et elle continue à s'accrocher à la grille, au bout de l'allée.

La tempête maintenant se déchaîne. Des rafales violentes, qui hurlent en changeant brusquement de direction, attirées par la crête isolée, où elles s'enlacent en tourbillons. Les cheveux dans les yeux, la jupe dans les jambes, la femme s'agrippe des deux mains aux barreaux, tourne la tête, pour tenter d'échapper aux fouets des vents, qui lui coupent le souffle.

Il sort, et aussitôt les bougies s'éteignent. Il marche jusqu'à elle sous la pluie noire, la prend par le bras. Ils s'éloignent, de dos. La porte du château se referme sur eux. Déjà dans l'obscurité elle tremble un peu contre l'inconnu, à cause du choc de sa haute silhouette dans l'encadrement de la porte, contre lui, malheureuse.

Premier cercle
Stanislas

La Nuit

Comme je suis arrivée au château, j'ai vu la nuit. Sortir du ventre de ma mère, c'était me heurter à un mur. Aussitôt les bords de la nuit se sont refermés sur moi.

J'ai vécu en aveugle jusqu'à l'âge de vingt-sept ans, et alors il a fallu que la nuit se rouvre, et que je m'engouffre au-dehors, par la porte du château.

Tout a commencé à cause de l'accident. C'est facile de dire que tout est de la faute de la nuit et de la pluie. Si tout était de leur faute, pourquoi me serais-je enfuie ? Tout a commencé parce que je me suis enfuie, si je ne m'étais pas enfuie je n'aurais jamais su. Je n'aurais jamais su que je pourrais m'enfuir dans une telle situation, et ensuite, c'est comme une bobine noire qu'on aurait commencé à dévider, le fil se déroule, et on ne peut plus s'empêcher de le suivre, même si on ne sait pas où on va, même s'il fait de plus en plus noir.

Après l'accident, c'est là que je suis vraiment entrée dans la nuit. Je n'ai jamais aimé conduire la nuit, surtout par temps de pluie. Ma vue se brouille, les phares m'éblouissent, l'espace devient opaque, l'eau qui enveloppe la voiture m'engourdit. C'est à cause de ça que j'ai eu l'accident. Et après... Un fantôme, oui, comme si c'était moi qui étais morte. Le tremblement dans les bras, dans les jambes, la douleur lancinante, jusqu'à la nuque... Et surtout, la tête vide, une grosse balle trouée, tendue de courants d'air immobiles et glacés...

J'aurais dû m'arrêter plus tôt, descendre dans un de ces petits hôtels qui bordaient la route, au milieu des villages. Je ne savais même plus depuis combien de temps je conduisais. J'aurais dû sentir qu'il était temps de me reposer. J'aurais pris une chambre, j'aurais dîné dans la salle à manger, avec les autres pensionnaires, d'un solide repas du terroir accompagné d'un bon vin rouge, et ensuite j'aurais rejoint ma chambre, et je m'y serais endormie, du bon sommeil qu'on a à la campagne.

Mais je continuais à rouler.

L'accident, le carrefour, tout s'est passé en un instant, une succession d'instants hachés, allongés... Je tournais sur la gauche, je ne voyais qu'au dernier moment la voiture qui venait en sens inverse, deux phares à ma rencontre, tout allait trop vite, tout était déjà trop tard, j'étais à la fois plus lucide et plus impuissante que jamais, je voyais tout et je ne pouvais rien, les deux trajectoires allaient se rencontrer, le temps soudain s'était mis à s'étirer démesurément, à décomposer le mouvement. L'accident, la vitesse fulgurante et le ralenti cinématographique de l'accident... Ensuite tout était comme dans un rêve, j'étais auprès de la morte, dans l'autre voiture, je regardais le trou rouge sur son front et je m'enfuyais, mais qui pourra jamais m'affirmer qu'elle était bien morte, qu'il n'y avait plus rien à faire ?

Je regardais le trou rouge, et rien n'avait ni plus ni moins de réalité que si j'avais été à l'Opéra, penchée au-dessus d'une sorte de balcon secret suspendu dans la nuit.

J'étais là, près de l'autre voiture, qui fumait en travers du bas-côté, la portière grande ouverte, pleine de petits bouts de verre épais. Il ne se passait plus rien maintenant.

J'ai regardé ma voiture. Le moteur tournait toujours, l'aile avant droite était défoncée, il n'y avait plus qu'un phare. Il suffisait d'un pas pour la rejoindre. Je me suis remise au volant, j'ai démarré.

Le phare perce avec peine le mur des ténèbres, une trouée jaune, tremblotante, poursuivie par le ronronnement hypnotique du moteur. Et soudain, il n'y a plus de route. Seulement un chemin, une sorte de corridor obscur.

C'est une nuit pluvieuse et noire. Les essuie-glaces, lourdement, vont et viennent sous le poids de l'eau. Plus de ligne blanche sur le bas-côté. Plus de repère. La route se met à monter, en dessinant des virages de plus en plus serrés.

Je roule, lentement. Le sentier cahote, enserre la voiture de si près qu'il est impossible de faire demi-tour. De chaque côté, une haute forêt touffue, chevelure d'encre, déferle dans le dos de la nuit, chute dans d'obscurs précipices.

Au sortir d'un lacet boueux, un mur barre le chemin. Lentement, lourdement, la voiture heurte la pierre. Le dernier phare en état de marche se brise, et la nuit se referme.

Je ne sais pas comment j'ai quitté la route. Après l'accident, je ne me rendais compte de rien. Quand je me suis heurtée au mur, quand le deuxième phare s'est cassé, je n'ai plus rien vu du tout. J'aurais dû repartir, mais comment, sans lumière dans cette nuit ? Ou rester dans la voiture et attendre le jour.

Je suis sortie, j'ai longé le mur en tâtonnant, et j'ai trouvé une grille, un grand portail entrouvert. Je l'ai poussé, mais il faisait tellement noir que je n'ai pas osé aller plus loin. Je suis restée accrochée à un barreau, comme une petite fille qui tient la main d'une grande personne.

Je ne sais pas combien de temps je suis restée là, sous la pluie, la main fermée sur le barreau, comme si lui seul pouvait me relier à quelque chose dans ces ténèbres, la main sagement et bien serrée sur le barreau, comme si j'étais là exactement à ma place, comme si j'étais là, et là seulement, en sécurité.

L'air sentait la terre mouillée. Si j'avais pu rester ainsi jusqu'au matin, accrochée au barreau ! Le portail grinçait et claquait, cela faisait comme une mélopée, un rythme, moi aussi j'avais envie d'être balancée par le vent.

Une porte s'est ouverte, une lumière jaune est apparue, une voix...

C'était Stanislas. Ils avaient dû me voir arriver tous les trois, puisqu'ils guettaient. Mais c'est sa haute silhouette qui est apparue dans l'encadrement de la porte. Dans sa main tendue, deux bougies brûlaient sur un chandelier à trois branches. Il a appelé, mais le vent emportait les paroles, et moi je continuais à me tenir à la grille.

Soudain la tempête s'est déchaînée, des rafales violentes, hurlantes, enlacées en tourbillons sur la crête rocheuse, qui laissaient cingler mes cheveux dans mes yeux, ma jupe sur mes jambes. Je me suis agrippée plus fort aux barreaux, des deux mains, en baissant la tête pour échapper aux fouets des vents, qui me faisaient suffoquer.

Il est sorti, et les bougies se sont éteintes. Quand il s'est approché de moi, je tremblais. Il m'a prise par le bras, emmenée, et la porte s'est refermée sur nous.

Stanislas

À l'intérieur, tout était silencieux, et noir. L'orage a coupé l'électricité, a dit Stanislas. Je n'ai pas pensé à m'étonner de n'avoir entendu aucun coup de tonnerre, en route. Cet endroit était si singulier qu'il pouvait bien avoir attiré la foudre isolément.

Malgré les ténèbres, Stanislas me guidait sans hésiter à travers des portes et des couloirs. Il me tenait toujours par le bras, avec la prestance d'un roi. J'avais l'impression que nous étions en train d'accomplir une cérémonie. Et malgré mon trouble, et l'aveuglement où je me trouvais plongée, j'avais à cœur de conserver un maintien digne.

Nous sommes parvenus dans un salon aux ombres rougeoyantes. Une longue bûche finissait de se consumer dans une immense cheminée. On ne distinguait dans la pièce que les abords immédiats de l'âtre. De grands fauteuils sombres attendaient dans une demi-pénombre, face à la flamme mourante, autour d'une table basse en marqueterie.

Stanislas m'a invitée à me réchauffer auprès

du feu, tandis qu'il irait chercher un peignoir où je pourrais m'envelopper, après avoir quitté mes vêtements trempés. Il avait la voix un peu rauque, une élocution élégante. La pluie m'avait pénétrée jusqu'aux os, mais j'ai prétendu que je n'avais nul besoin de me changer. Je n'avais pas envie de le voir partir, de me retrouver encore seule, ne serait-ce que quelques instants.

Des étoiles noires tombaient lentement devant mes yeux. Je me suis appuyée au dossier d'un fauteuil. Il a alors fait quelques pas vers un coin sombre de la pièce, est revenu avec deux verres et une carafe en cristal, qu'il a débouchée.

« Buvez au moins ceci », a-t-il dit, en me tendant un verre de liqueur rouge foncé.

Nous nous sommes assis. Il a allumé un cigare, sans me regarder.

La bûche grésillait doucement dans la cheminée. Il devait avoir près de cinquante ans, et pourtant on lui devinait encore un corps d'athlète, à la fois fin et puissant, sous le peignoir de soie claire. Il avait des cheveux blonds très courts, des traits fermes, une bouche charnue, des yeux petits, allumés, cernés. Tout ce que je pouvais voir de son visage, à moitié suspendu dans l'ombre, exprimait l'ironie, la gourmandise, une dépravation glorieuse.

Et pourtant, maintenant qu'il me regardait derrière la fumée du cigare, peu à peu je voyais autre chose se révéler sur ses traits. Comme dans ce film, *Blow up*, quand le photographe découvre, sur l'image qu'il a prise, image charmante d'un parc à l'anglaise, les pieds d'un cadavre dépassant d'un buisson. De l'allure assurée de mon hôte, de son regard vif, lumineux, hautain, montait lentement sous mes yeux quelque chose qui ressemblait à une profonde tristesse.

J'ai vidé mon verre, d'un trait. Il m'en a aussitôt servi un autre, que j'ai bu aussi vite. Cette liqueur avait un goût âcre et sucré. La tête me tournait. Un instant, j'avais cru deviner derrière le personnage léger, séducteur, sans doute volontiers mondain et cynique, un homme tragique et généreux. Mais Stanislas était aussitôt redevenu tel qu'en son masque, à la fois hautain et poli. Il a de nouveau rempli mon verre, et il a engagé la conversation, comme s'il fallait simplement meubler le silence :

« Vraiment, je suis désolé pour vous. Tomber en panne par une nuit pareille, et dans un lieu aussi... En fait, toute la chance est pour nous... Nous recevons si peu de visites... Mais vous devez être fatiguée... Je vais vous donner une chambre, et demain matin, vous pourrez faire réparer votre voiture et reprendre la route... Vous étiez attendue ?

– Oui... Non, pas vraiment...

– Quoi qu'il en soit, pas de téléphone, ici. L'orage a coupé la ligne. Et on ne sait jamais quand ils viendront réparer. On est si loin de tout... Ces chiens ne sont jamais pressés de venir nous porter secours...

– Ces chiens... De qui parlez-vous ?

– De tous... Des gens du village... Ils ne nous aiment pas beaucoup... Et nous le leur rendons bien...

– Vous vivez ici depuis toujours ?

– Cela remonte à quatre cents ans. Je veux dire, la méfiance des villageois envers les habitants de ce château. La peur et la jalousie sont des sentiments tenaces.

– Il est des moments où chacun de nous rêve de s'éloigner du monde. »

Il a ri. J'ai pensé qu'il me trouvait idiote. J'ai bu mon verre en cherchant quelque chose à dire pour me venger. On n'entendait plus la tempête, mais il me semblait qu'à tout moment la meute des chiens allait se mettre à hurler.

« Êtes-vous sûr que les villageois vous jalousent et vous craignent ? Pourquoi le feraient-ils ? S'ils ne vous paraissent pas amicaux, c'est peut-être tout simplement qu'ils ne se soucient pas de vous. »

Encore une fois, il a ri. Un petit rire léger, joyeux, supérieur.

« Mademoiselle... Excusez-moi, je n'ai pas bien entendu votre nom... Si vous voulez bien me suivre, je vais vous montrer votre chambre. »

Il s'est levé. Il ne se souvenait pas de mon nom, et moi je ne voulais pas aller dans cette chambre où il me renvoyait, seule dans cette chambre sans lumière. L'alcool, et autre chose qui me brûlait le corps, me donnaient envie d'être désagréable, butée. Je me suis enfoncée un peu plus dans mon fauteuil, et j'ai pris un ton détaché, comme si je poursuivais une conversation mondaine :

« Pourquoi les villageois craignent-ils le château depuis si longtemps ?

– Oh, c'est une longue histoire...

– Je crois que j'ai besoin d'une longue histoire. »

Il a détourné les yeux, tiré une bouffée de son cigare. Il m'a semblé que son regard s'était durci. Le feu se mourait. Je me suis levée, j'ai pris le soufflet. À genoux, je me suis mise à attiser doucement la flamme. Ma jupe et ma chemise encore mouillées collaient à mes cuisses et à mes seins.

Soudain je me suis sentie très lasse. Cette cheminée était si grande qu'on aurait pu y dormir.

« Voilà quatre cents ans, ce château fut la demeure d'une troupe brutale de bandits... Blonds, les yeux bleu-gris... Dans ce pays de moricauds... Après avoir terrorisé toute la région, ils s'étaient installés dans cette place forte, d'où ils continuaient leurs pillages. Ces hommes, des Cagots, race prétendument maudite, étaient depuis toujours totalement exclus de la vie de la communauté.

– Pourquoi ? »

Je l'ai entendu se rasseoir derrière moi.

« Ils avaient pour ancêtres des Wisigoths, ou peut-être des Berbères, on n'a jamais su. Leur présence dans la région se perdait déjà dans la nuit des temps, mais ils restaient visiblement d'origine étrangère... Cela suffisait pour qu'on les appelât "cousins germains de notre chien", qu'il leur fût strictement interdit de travailler la terre, d'aller au moulin ou au lavoir, de boire l'eau de la fontaine, et par-dessus tout de se marier en dehors de leur caste de parias. On en vint même à les obliger à porter un insigne, une patte d'oie jaune cousue au revers de leur veste...

« J'imagine que le brigandage avait représenté pour les hommes de cette troupe le seul moyen de reconquérir leur dignité. Un jour, désormais maîtres du château, ils ramenèrent au nouveau seigneur cagot une fille qu'ils avaient capturée dans un village voisin et dont ils comptaient tirer une rançon...

« L'histoire, devenue légendaire, excite la haine de la population et lui donne bonne conscience... Voilà tout ce qu'ils ont trouvé pour justifier leur rejet ancestral des Cagots. Ces pauvres esprits de pleutres y voient une bonne raison pour nous tenir à l'écart.

– Ils vous craignent à cause d'une légende vieille de quatre cents ans...?

– Mon frère et moi avons les pommettes hautes, les cheveux blonds, les yeux clairs... Même si la race des Cagots a fini par s'éteindre à force de consanguinité, ici comme ailleurs ce ne sont pas les esprits étroits et peureux qui manquent. Pour eux, nous sommes bel et bien des descendants de la race maudite, autant dire des pestiférés.

– Auraient-ils peur que vous enleviez les filles du village, comme dans la légende ? »

Le secret de Stanislas

J'avais lancé cette question comme une boutade, mais aussitôt elle m'avait mise mal à l'aise. J'étais toujours agenouillée devant le feu, le soufflet à la main. Si vraiment mes hôtes méritaient la crainte des villageois, si quelqu'un ici nourrissait de mauvaises intentions à mon égard, alors il ne me servirait à rien d'aller me réfugier derrière les vitres fragiles d'une voiture.

Derrière moi je sentais la voix de Stanislas, des ondes contre ma nuque encore humide. Peut-être répondait-il à ma question. Maintenant la chaleur des flammes me brûlait les joues. Je frissonnais. J'aurais dû accepter de me changer, ou d'aller me coucher. J'avais peut-être de la fièvre.

J'avais envie de retourner dans mon fauteuil, mais j'étais paralysée. J'avais l'impression qu'une menace terrible pesait dans mon dos et que l'horreur ne tarderait pas à s'abattre sur moi si je ne trouvais pas la force de bouger.

Je devais être hypnotisée par le rougeoiement des braises, car dès que j'ai réussi à en détourner les yeux, j'ai retrouvé l'usage de mon corps, malgré la lourdeur accablante qui s'était emparée de mes membres.

Une fois blottie au fond du fauteuil, j'ai éprouvé une certaine sérénité, à vrai dire proche de l'engourdissement. Stanislas maintenant poursuivait son histoire, d'une voix assez régulière pour me bercer, mais assez basse pour m'obliger à tenir mon attention en éveil si je ne voulais pas sombrer dans le sommeil. Et justement, je ne voulais surtout pas m'endormir. Tant qu'il parlerait et tant que je l'écouterais, il n'y aurait aucun danger.

« La légende rapporte que Jehan, le seigneur cagot, tomba aussitôt amoureux de sa captive, Marie. Renonçant à en tirer rançon, il résolut de l'épouser. Mais la belle avait laissé au village un fringant fiancé, qui ne tarda pas à se montrer aux portes du château, avec la ferme intention de délivrer sa promise.

« On s'apprêtait à célébrer l'union de la captive et de l'usurpateur, quand ce dernier, en s'approchant d'une fenêtre, fut tué d'une pierre projetée par le fiancé vengeur. Lequel tombait à son tour aussitôt, frappé d'une flèche en plein cœur décochée par l'un des hommes de Jehan.

« Plus tard, quand on délivra le château, on prétendit que Marie était devenue folle de chagrin. Mais en vérité, ce n'était pas son fiancé qu'elle regrettait. Bien que nul ne voulût jamais l'admettre, l'homme qu'elle pleurait, c'était son amant, le Cagot. Car en dépit de toutes les lois, et de toutes les raisons, c'est lui qu'elle avait passionnément aimé...

– Personne ne veut admettre ce genre d'histoire, parce qu'il n'est que trop vraisemblable... Existe-t-il plus grand amour que l'amour impossible ?

– Le monde est peuplé de solitudes, mais elles parviennent toujours à s'unir les unes aux autres, ne serait-ce que par accidents, malentendus, heurts, mensonges...

– Parfois je pense que seuls les corps arrivent à se parler vraiment... Parfois...

– Seuls les corps ! Mon Dieu, ce serait bien trop triste ! Il y a mille et mille moyens... Comme cette histoire qui nous réunit ici cette nuit...

– Ce qui nous réunit cette nuit, c'est quelque chose de plus terrible que cette histoire, malheureusement. Si je n'avais pas eu d'accident...

– Et s'il n'y avait pas eu cette légende... mon père n'aurait pas entrepris de sauver et d'habiter le château, et vous ne seriez pas assise dans ce fauteuil en ce moment. Car je doute fort qu'il se fût trouvé quelqu'un d'autre pour acquérir ce vieux fantôme de pierre, et surtout pour choisir de s'y installer...

« Lola, Léon, Rémi et moi maintenons le flambeau de la vie entre ces murs, et c'est toujours une récompense pour nous de pouvoir offrir l'hospitalité aux rares personnes qui, comme vous, viennent se perdre à notre porte, certaines nuits noires...

« Ce qu'il faudrait, bien sûr, ce serait faire élargir le chemin, afin que les conducteurs égarés puissent manœuvrer et faire demi-tour, au lieu d'être obligés de venir jusqu'ici. Mais évidemment cela coûterait une fortune et, comme vous l'imaginez, la commune ne veut rien savoir. Pour une fois, je dois le dire, je les comprends. Il vient si peu de monde par ici... Et cela nous laisse le plaisir de recevoir de temps à autre une visite... »

Quelque chose avait changé dans sa manière de parler, ses yeux pétillaient de façon irrégulière, sa voix par moments se cassait comme celle d'un adolescent qui mue, se laissait aller à des petites pointes d'excitation fantaisistes. Il a rempli de nouveau les verres, rallumé son cigare. Nous ne disions plus rien, ni l'un ni l'autre. Le feu ne crépitait plus. J'ai bu mon verre, pour lutter contre le froid, le silence, et mes vêtements mouillés.

Quand il a repris son récit, il avait retrouvé son ton de conteur, sûr et léger.

« Après la mort de Jehan, l'ancien seigneur de notre château réussit à persuader les autres barons des sept vallées de coaliser leurs troupes pour l'aider à récupérer son bien. Il avait eu pour les convaincre un argument de poids : on disait qu'après s'être livrés au pillage dans tout le pays, les brigands cagots recelaient au château un trésor d'une valeur fabuleuse.

« Bientôt donc, les barons des sept vallées et leurs troupes assiégèrent le château, au beau milieu d'une nuit, par surprise. À l'aube, tout était fini. Ils avaient pénétré à l'intérieur des murs et commençaient déjà à chercher frénétiquement le trésor.

« Il ne restait aucun survivant dont on eût pu tirer une révélation sur le lieu de la cachette. On retrouva seulement une jeune femme d'une grande beauté, que l'on reconnut comme cette fille d'un village voisin, Marie, que l'on avait prétendue morte, ou plutôt enlevée au ciel par deux grands anges blancs, aussitôt après la mort simultanée de son fiancé et du seigneur cagot.

« Mais Marie était toujours bel et bien de ce monde, et elle ne tarda pas à en administrer la preuve aux nouveaux venus. Elle se tenait assise près de la cheminée sans feu. Dès que les barons et leurs soldats pénétrèrent dans la pièce, elle se leva et leur fit face pour leur cracher au visage un flot de paroles haineuses.

« On pensa qu'elle était encore sous l'emprise du choc nerveux qu'avaient dû lui causer la peur de cette nuit et surtout les angoisses de son long séjour en compagnie des parias. Comme elle ne semblait pas en état de parler normalement, on la délaissa pour parer au plus pressé, à savoir la recherche du trésor.

« Seul un homme, après le départ de tous les autres, revint dans la pièce et s'approcha lentement d'elle, le souffle un peu court et le regard lubrique. Elle le laissa s'avancer et, dès qu'il eut posé ses mains sur sa taille, d'un geste plus vif que l'éclair, jeta ses ongles dans les yeux de l'homme. Elle le laissa s'effondrer et rouler par terre, le visage sanguinolent, hurlant de douleur.

« On ne retrouva jamais le trésor. On interrogea Marie, mais elle déclara n'en avoir pas entendu parler, et on la crut sans peine. Pour le reste, elle tenait des propos tellement étranges qu'on préféra l'estimer folle. Elle racontait qu'elle avait aimé Jehan plus que sa vie, qu'elle-même l'avait supplié de la garder, malgré tous les dangers auxquels ils se seraient dès lors exposés. Puis elle montrait son ventre un peu arrondi, disait avec orgueil qu'elle était enceinte du Cagot, et de nouveau déversait sa haine sur ses libérateurs.

« Marie refusait de quitter le château. Ce dont personne ne se plaignit, car ni sa famille ni son village n'avaient envie de la revoir. Pour tous, il était clair qu'elle avait été à jamais contaminée par la race maudite. Le seigneur la fit emmener dans une oubliette, d'où elle ne devait plus jamais sortir.

– Était-elle vraiment enceinte ?

– Oui, et l'enfant naquit dans l'oubliette. Il n'est pas sûr que le maître des lieux en eût jamais connaissance. Il s'était totalement désintéressé du sort de sa prisonnière et pouvait aussi bien la croire morte. C'est l'un de ses palefreniers qui avait pris sur lui de s'occuper de la jeune femme et, un peu plus tard, de la petite fille qui lui était née dans sa geôle.

– L'enfant aussi est restée prisonnière ?

– Jusqu'à l'âge de huit ans. Ensuite, elle est morte, avec sa mère. Mon père a retrouvé les ossements dans l'oubliette. Seriez-vous intéressée par une visite des lieux ?

– L'oubliette ?

– C'est un peu l'âme de ce château... »

Je me suis levée. Il ne restait plus dans la cheminée qu'une petite flamme bleue, qui s'allumait et s'éteignait régulièrement sur la dernière portion noire de la bûche. Il faisait maintenant si sombre dans la pièce que je distinguais à peine la silhouette de Stanislas. Il a repris le chandelier, l'a planté dans les braises pour rallumer les deux bougies, m'a tendu le bras, et nous sommes sortis du salon.

L'oubliette

Il y a eu encore des couloirs à traverser, de très vieilles portes en bois à pousser, des escaliers étroits à descendre, avec la flamme des bougies qui dessinait de grandes ombres mouvantes sur tous les murs. Puis la pierre s'est mise à baver d'humidité. Nous étions parvenus dans les sous-sols du château, et le plafond était si bas qu'il me fallait garder la tête baissée, tandis que Stanislas était contraint de courber le dos.

Je le tenais toujours par le bras, et j'imaginais une scène absurde où je le lâchais pour partir en courant. Où serais-je allée, sans lumière, dans ce labyrinthe dont il connaissait évidemment tous les recoins ? Dans le noir, j'ai mis ma main sur ma bouche pour retenir un rire.

Nous sommes arrivés devant la grille de l'oubliette. Quand Stanislas a ouvert le cadenas, avec une petite clef argentée, elle a grincé sur ses gonds, comme toutes les autres portes du château. Jusque-là, j'avais trouvé ce bruit plutôt folklorique, mais cette fois, j'ai frissonné comme si on avait fait crisser une craie le long de mes os.

Courbé devant l'entrée, Stanislas m'a invitée à franchir le seuil. Encore une fois, je n'avais pas le choix. Il m'a suivie à l'intérieur.

Le réduit, taillé à même la roche, était tout de même plus grand que je ne l'avais imaginé. Il avait à peu près la forme d'un rond de quatre mètres de diamètre environ, mais on y devinait des recoins, des sortes de niches, sans doute davantage dues à la configuration du terrain qu'à une quelconque volonté architecturale.

Le sol était irrégulier, constitué de terre battue et de morceaux de roches qui émergeaient à la manière d'icebergs et donnaient l'impression que la montagne reprenait ses droits en cessant de respecter, à ce niveau d'habitation, l'intimité humaine.

Ici cependant on pouvait se tenir debout. Stanislas a tendu le chandelier au-dessus de sa tête. À la limite du plafond, qui était très haut, on devinait une petite ouverture, laquelle devait se trouver à l'extérieur à ras du sol, et par où entrait sans doute un filet de lumière, le jour, et peut-être même les nuits de lune.

« Quand mon père a acheté le château, a dit Stanislas, ce couloir par lequel nous sommes venus était muré, et la grille de l'oubliette était encore scellée dans la pierre.

– Comment pouvaient-elles dormir, sur un sol tellement irrégulier ?

– Regardez, il y a là une surface plane. Le palefrenier qui s'occupait d'elles, et qui s'appelait Jehan, lui aussi, leur apportait de la paille qu'elles devaient disposer là pour y faire leur couche. Marie avait appelé l'enfant Luz, en signe d'espoir sans doute. Pendant les huit années de la vie de Luz, la mère et la fille avaient été sans cesse attachées l'une à l'autre, comme des sœurs siamoises. C'est sans doute pour cette raison que Jehan les avait aimées ensemble...

« Quand il s'approchait de l'oubliette, par ce couloir sombre, il entendait leurs babillements, leurs petits rires. La mère et la fille s'étaient inventé un langage, cristallin et incompréhensible, qui ressemblait à une musique. Lorsqu'elles reconnaissaient le pas de Jehan, elles se taisaient. Jehan déposait à travers la grille du pain, des fruits et de l'eau, puis il se reculait un peu.

« Alors elles s'approchaient, buvaient et mangeaient. Puis elles se déshabillaient et, avec le reste de l'eau, se lavaient l'une l'autre en poussant des petits cris de joie, parce que l'eau était froide. Enfin, main dans la main, elles s'avançaient jusqu'à la grille. Maintenant, c'était leur moment à tous les trois. Il devait se déshabiller aussi, et les rejoindre doucement pour ne pas les effrayer. C'était le jeu. Et puis ils se pressaient tous les trois contre la grille, et à travers les barreaux ils s'enlaçaient, s'embrassaient, se caressaient, s'aimaient avec la passion et la volupté de trois êtres échoués sur une île déserte.

– J'ai rarement entendu une légende aussi riche en détails... Vous semblez avoir beaucoup d'imagination...

– Attendez la fin... Après la mort simultanée de Marie et de Luz, Jehan disparut. On retrouva son corps quelques jours plus tard, quand les vautours se mirent à planer en cercle au-dessus d'un point situé dans l'à-pic qui s'enfonce au pied du château. Apparemment, il s'était jeté de la tour.

– Mort de chagrin ?

– Quand mon père a abattu le mur qui bouchait le couloir et ouvert cette oubliette où personne n'avait pénétré depuis des siècles, il a découvert les deux squelettes enlacés, celui de la jeune femme et celui de la petite fille, étendus sur le dos. Et en examinant leurs côtes, il s'est rendu compte qu'elles avaient été tuées à coups de couteau.

– Qui pouvait les avoir tuées ?

– Mais Jehan, bien sûr ! Vous imaginez-vous quel délice, mais aussi quelle torture cela pouvait être, de ne pouvoir aimer ces femmes qu'à travers des barreaux ? Un jour, il a dû éprouver le besoin de leur en donner plus. Et le seul plus qu'il pouvait leur donner, c'était la mort.

– Peut-être se sont-elles tuées elles-mêmes ? Leur situation était encore plus difficile...

– Je n'en suis pas sûr. Elles, au moins, étaient deux... Jamais seules... Et je vois mal une mère en train de poignarder son enfant en plein cœur...

– L'histoire est peut-être plus complexe encore... Il y a peut-être eu une affaire de jalousie... Un autre homme...

– Vous avouerez que c'est peu probable... »

Tout en essayant d'imaginer ce qui avait pu se passer, et quelle avait pu être la vie de cette femme et de cette petite fille, et leurs amours avec le palefrenier, je me demandais si Stanislas n'avait pas purement inventé toute cette histoire à laquelle j'avais pourtant envie de croire.

« Comment cette légende a-t-elle pu traverser les siècles ? ai-je demandé. Puisque même le seigneur du château avait oublié l'existence de sa prisonnière ? A-t-elle seulement un fondement historique ? »

Il a ri.

« Qui sait ? Tout de même, vous oubliez les ossements.

– Que sont-ils devenus ? »

Il a éclairé une partie de la pièce qui était restée dans l'ombre. Il y avait par terre un cône de cailloux blancs.

« Mon père leur a donné une sépulture. Elles reposent là, sous ces cailloux. Blancs en l'honneur de Marie, qui dans une autre histoire fut emportée par deux anges blancs, et en l'honneur de la petite Luz, la petite lumière du château, qui avait la peau si blanche de n'avoir jamais vu le soleil, et dont le rire ressemblait si joliment au bruit du ruisseau sur les cailloux... »

J'ai regardé le petit monticule de cailloux, blancs comme les os de Luz et de Marie, et j'ai pensé que j'aimerais bien, moi aussi, reposer dans la terre en compagnie d'un être aimé. Quand j'avais quatre ans, il y avait une petite fille dans le jardin, à côté de ma famille d'accueil. Elle était toute noiraude, c'était peut-être une gitane. Elle restait accroupie sur le bord du chemin, le derrière à moitié trempé dans une flaque, pieds nus dans ses chaussures en plein hiver, à tracer des petits signes par terre avec son index. Moi, j'étais accrochée derrière le grillage, à la regarder. Elle avait le même prénom que moi, elle était toute sombre sous sa tignasse noire, et son nom de famille c'était Caillou, un nom tout blanc et dur.

Je sentais qu'il y avait là quelque chose à comprendre, alors je la regardais et je la regardais, mais c'était impossible de comprendre. C'était comme un double, une image pour me dire : tu n'es pas seule. Et pourtant, je l'étais, toujours.

Stanislas avait raison. Elles, au moins, même dans l'oubliette, n'avaient pas été seules.

« Pardonnez-moi, ai-je dit un peu brusquement. Il est déjà très tard, et je ne voudrais pas vous déranger plus longtemps.

– Rassurez-vous, a-t-il répliqué avec la plus grande simplicité. Je ne suis pas pressé, j'attends quelqu'un. Mais venez, je vais vous montrer votre chambre. »

Il attendait quelqu'un, et ce n'était pas moi. Il avait le goût des plaisirs inscrit sur son visage, et pourtant il me regardait comme si je n'étais pas une femme, comme si je n'existais pas. À cause de l'autre, sans doute, celle qu'il attendait. Ou bien il ne me trouvait pas désirable, pas assez femme malgré mes vingt-sept ans. J'ai baissé rapidement la tête pour qu'il ne me voie pas, mais il m'a tout de même entendue gémir de jalousie. L'eau qui plaquait mes vêtements sur ma peau, d'un coup, était devenue brûlante.

Nous ne disions rien, nous n'avons pas

bougé. Debout face à face, immobiles. Je percevais une odeur plus âcre et plus suave que celles du cigare et de la liqueur, une odeur qui me tournait la tête. J'ai levé les yeux de nouveau, je les ai plantés dans ses pupilles délavées.

Alors j'ai entendu le chandelier tomber, je me suis sentie soulevée, il m'a entraînée dans le noir, le noir total maintenant, et tout s'est produit comme le promettait son visage. Il était comme je l'avais vu, plein de rage, sans limites, tout s'est produit dans un mélange de violence et d'émotion, tout est arrivé dans le noir, il n'y avait plus de tissus, seulement les peaux contre les peaux, et l'arête des pierres, et les coups de reins, les coups partout, les dents, le chaos, le cri, les autres cris, et les encore, et les caresses comme des claques, et les cheveux, les ongles, et les nez et les langues, les doigts, les râles, les coups de reins, les coups de reins.

Et puis, la tête renversée, j'ai vu briller sur le mur de grosses taches de sang, dégoulinant au milieu de reflets argentés. J'ai hurlé, de terreur. Il a dû croire encore une fois à mon plaisir, et il s'est retiré vivement de mon corps, pour libérer le sien, qui m'a éclaboussée du cœur jusqu'au front.

L'obscurité était totale, on ne pouvait pas

voir de taches de sang sur le mur, on ne pouvait même pas voir les murs. À tâtons j'ai ramassé mes vêtements, je me suis rhabillée. Est-ce que c'était le sang de la petite fille et de sa mère, ou celui de la femme que je venais de tuer ? Maintenant, j'aurais voulu parler à Stanislas, j'aurais voulu le voir, au moins.

Comme j'étais seule, déjà ! J'aurais voulu pouvoir tout lui raconter, qu'il me prenne dans ses bras, qu'il dise que rien ne s'était produit. C'était juste à cause de la nuit, aurait dit Stanislas, à cause de la langue noire de la nuit qui vous avale et vous emporte dans son océan de mauvais rêves. Qu'il dise : ne sais-tu pas que la nuit, nous ne sommes plus nous-mêmes ? Que la nuit nous chasse de nous pour pénétrer dans nos corps, et les transformer en jouets dans son théâtre d'ombres, qui n'existe pas ? Qui n'existe pas ? Ne sais-tu pas que l'océan lui-même fait de mauvais rêves, qu'il engloutit des navires et dévore des vies, et que le soleil pourtant se lève sur des mers d'huile où tout est effacé ? Ne sais-tu pas qu'il faut tout oublier de la nuit ?

Deuxième cercle
Léon

La morte

Il pleuvait encore dehors, on entendait la rumeur douce de l'eau, le vent bercer le château. Un vent ample et lent qui marquait une accalmie, peut-être la fin de la tempête. Quand tout fut enfin terminé, il m'a emportée, par des escaliers et des couloirs obscurs, jusqu'à ma chambre.

Mon corps était si las que je le sentais gonflé comme le monde, le vent noir dessinait des cercles lents dans ma tête, j'avais envie d'embrasser la mélancolie de la nuit tout entière. Couchée sur le dos, entre les oreillers profonds, je regardais luire dans l'ombre les deux pommeaux de cuivre, à l'extrémité des montants du lit.

Du reste de la chambre, je ne devinais que la forme massive d'une armoire, face à moi, près de la porte, et, tout au fond sur ma droite, le rectangle d'une fenêtre découpée dans l'épaisse pierre du mur. Il n'y avait aucun mot dans ma tête, j'étais bien, je me glissais de bien-être dans mon corps comblé, apaisé, toute savoureuse de bonheur entre ces deux pommeaux luisants qui veillaient sur moi.

Je venais juste de m'endormir, quand un grincement léger, mais aigu à scier les dents, m'a fait redresser d'un bond sur mes oreillers. Les yeux écarquillés dans le noir, j'ai vu la porte s'entrouvrir tout doucement, puis s'immobiliser.

Tous les craquements ordinairement perceptibles dans une vieille bâtisse s'étaient tus. Et maintenant, dans le silence, il me semblait percevoir un souffle. Ton cœur bat si fort, pensais-je, ce n'est peut-être que ton propre souffle. Et cependant j'étais paralysée de peur, comme si je savais déjà ce qui devait arriver : dans l'entrebâillement noir comme la suie, en une fraction de seconde, mais très nettement, le visage de la morte a paru et disparu, couvert de larges filets de sang, un sang épais qui continuait à gicler d'un trou au milieu du front, entre les deux yeux.

Il est resté un bref instant, comme on le fait pour jeter un coup d'œil rapide dans une salle, et s'est éclipsé aussitôt, comme s'il avait voulu effectivement s'assurer simplement de ma présence.

Bien après sa disparition, je demeurais incapable de bouger. J'essayais de me souvenir de son expression. Le visage de la morte avait-il l'air hostile ou non ? Il me semblait que le reste de ma nuit en dépendait. Et soudain j'ai cru tout comprendre : la morte de la voiture était venue m'appeler, pour me réclamer une sépulture. Ce qu'elle voulait, c'était être enterrée dans l'oubliette, auprès de Marie et de Luz, parce qu'il y a une solidarité entre les femmes à travers le temps, comme entre les mères et les filles. C'était pour cela qu'elle me demandait de retourner la chercher sous la pluie, et d'aller m'occuper d'elle. Mais moi je savais que je n'en ferais rien, que je me déroberais à cette solidarité, et c'était pour cela que j'avais tellement peur.

Je me suis levée, je suis allée ouvrir la fenêtre, qui faisait un vague reflet au fond de la pièce. Elle était si haute et si lourde qu'elle devait être restée fermée depuis des années. J'ai dû forcer sur l'espagnolette, afin de libérer les deux longs battants qui se sont écartés en grognant sur leurs gonds.

Il avait cessé de pleuvoir, et il devait y avoir une lune quelque part derrière les nuages, car on percevait par moments leurs déplacements dans le ciel et les contours de quelques morceaux de paysage.

Sous ma fenêtre semblait s'ouvrir un à-pic vertigineux. Du moins je n'en voyais pas le fond, perdu dans une obscurité complète. Le vent s'engouffrait dans des roches noires, peut-être semées d'une végétation tortueuse, et, au-delà, entre des falaises aussi sombres et désertes. La mer, dont je croyais entendre au loin l'écho sourd, demeurait invisible. J'en éprouvai un vif regret, car au moins elle aurait évoqué une ouverture sur autre chose, un appel, une espérance.

Le vent qui faisait battre la fenêtre portait dans la chambre une odeur lourde d'humidité, une odeur légèrement salée et écœurante. Les éléments restaient menaçants, mais il avait cessé de pleuvoir et les nuages laissaient passer quelques formes blanchâtres qui ressemblaient à un souvenir de lumière, ou peut-être à des fantômes. N'importe, cela représentait une accalmie, et après les épreuves que je venais de vivre, les événements pénibles qui étaient revenus me hanter comme une obsession, j'étais prête à accueillir n'importe quel soulagement.

Et le seul fait que les ténèbres de la chambre se fussent changées en pénombre me suffisait à retrouver une forme d'apaisement, comme si déjà l'avenir se profilait, avec son éternelle promesse d'ivrogne de tuer le passé.

Dans un coin de la pièce, j'ai découvert une cuvette en émail avec un broc de fer, un savon neuf, un gant en éponge et un drap de bain propres. Je me suis lavée. L'eau froide a réveillé mon corps meurtri.

Je suis allée fermer la fenêtre et je suis entrée dans le lit, nue. Je ne pensais plus à rien maintenant. Étendue sur le dos dans la chaleur des draps, les mains sur les seins, les yeux ouverts, je me répétais juste tout ce qui s'était passé avec Stanislas depuis la chute du chandelier, et je souriais dans l'ombre.

Ce désarroi dans les yeux de Stanislas, à l'ombre de la bougie manquante, juste avant que je ne tende la main... Pourquoi m'avait-il laissée seule dans cette chambre ? Je mourais d'envie maintenant de le sentir à mes côtés et de tout recommencer, mais lentement, dans la douceur du lit...

Aussitôt que je me suis rendormie, le visage ensanglanté est revenu. La morte était agenouillée à mes côtés dans le lit. Penchée sur moi, profondément triste et tendre sous les filets de sang qui dissimulaient ses traits, elle me caressait les cheveux avec un amour sans bornes, un amour de femelle, gluant, dégoulinant.

J'ai hurlé, je me suis assise d'un bond. Il faisait entièrement noir, je ne savais plus où j'étais.

J'ai lancé mes bras tout autour de moi dans les ténèbres pour m'assurer qu'elle n'était pas là, ou pour la jeter hors de moi. Je me suis mise à sangloter, de peur panique.

Presque en même temps, un homme est entré, avec le chandelier à trois branches et deux bougies.

Léon

Quelque chose ne va pas ? » a dit Léon.

Je croyais pourtant avoir fermé la porte à clé. Le chandelier, qu'il tenait près de sa poitrine, n'éclairait que sa tête, par en dessous.

Il était un peu moins grand et plus âgé que Stanislas, mais son visage avait la même beauté rude, quoique tout intérieure, rentrée. Dans la pénombre, ses pupilles brillaient comme celles d'un chat. Sa barbe courte et ses cheveux, très blancs, dessinaient une sorte d'auréole autour de ses traits, empreints d'une douceur si grande qu'elle semblait cacher quelque chose de terrible, tour à tour la douceur du serpent et celle du chien fidèle.

Il s'est approché lentement, et c'est là que j'ai vu de quel bleu d'acier ses yeux perçaient la nuit. Il a posé le chandelier, s'est assis sur le bord du lit, et m'a pris la main, comme si j'étais malade, ou mourante.

« Je suis le frère de Stanislas. C'est certainement angoissant de se retrouver seule dans ce château sans lumière... Surtout par une nuit aussi noire... Vous avez fait un cauchemar ? »

Il me regardait avec douceur, comme pour m'encourager à parler.

« Avant d'arriver ici, j'ai fait quelque chose de très grave. J'ai tué une femme dans un accident de la route, et je me suis enfuie. »

Je me suis mise à sangloter, le visage dans les mains. Penché sur moi, il me caressait les cheveux, comme la femme dans mon rêve. Tout en pleurant, je me disais : « Comme il est étrange que sa compassion me fasse un bien infini, alors que celle de la femme, tout à l'heure, m'a remplie d'un dégoût innommable ! » Et le souvenir de la compassion de la femme provoquait en moi un rejet si violent que j'avais envie de la tuer, bien que ce fût malheureusement déjà fait.

J'ai sorti mon visage de mes mains trempées de larmes, et je lui ai dit :

« Pardonnez-moi. Ce qui me tourmente le plus n'est pas de l'avoir tuée. C'était un accident, vous comprenez... Même si je suis responsable de l'accident, je ne suis pas vraiment coupable de sa mort... Ce qui me tourmente, c'est d'être partie, de m'être enfuie... Ce qui me hante, c'est le sentiment de ma lâcheté... »

Encore une fois, j'ai perdu toute fierté, et j'ai imploré, en me cognant le front contre mes poings :

« Je ne veux pas ! Dites-moi que ce n'est pas vrai ! »

Mais il a seulement répondu, très calmement :

« Je sais de quoi vous parlez. J'ai grandi dans un monde qui traversait la nuit. Nous devons tous vivre avec ce fardeau. La lâcheté... Quand on a vu l'horreur de la plaie, on veut croire qu'elle n'a pas existé, ou qu'elle est désormais cicatrisée. Mais la plaie reste là, inguérissable, et continue de s'ouvrir à tout moment. Vous ne guérirez jamais. »

Ce n'était pas des paroles de consolation, mais c'était celles que j'attendais. Il est un moment où il ne faut pas reculer devant la porte du désespoir, si l'on veut poursuivre sa route.

J'ai entendu qu'il s'était remis à pleuvoir, une petite pluie toute douce qui bruissait aux carreaux. Je me sentais maintenant calme, comme on peut l'être après une grande peur ou une maladie, d'un calme de convalescence. Les mots se sont mis à couler tout seuls de ma bouche, comme l'eau d'une source.

Quand je lui ai parlé des deux femmes enterrées dans le château et de l'oubliette où m'avait conduite Stanislas, il a demandé, d'une voix soudain suave :

« Comment avez-vous trouvé mon frère ? »

J'ai eu envie de répondre « beau », mais j'ai pensé que cela pourrait le blesser, et je n'ai rien dit.

Puis ses doigts fins ont effleuré mon front, ma joue (j'ai eu l'impression qu'il cueillait le sang), et il a dit que je ne devais m'étonner de rien, cette nuit. Parce que cette nuit, il y avait exactement huit ans qu'ils attendaient Lola, tous les trois. Et, n'est-ce pas, cet anniversaire les rendait un peu nerveux. Et il a commencé à tout raconter...

« Cette nuit est exactement le huitième anniversaire de la disparition de Lola, a dit Léon. Depuis vingt-deux ans que je la connais, c'est une habitude de la voir disparaître. C'est même devenu un rite. Elle part une nuit, sans prévenir, et elle réapparaît une autre nuit, huit jours, huit semaines, parfois huit mois plus tard. Lola croit au chiffre 8. Le temps d'une renaissance, dit-elle, de boucler une boucle. Elle part, et à son retour on la sent régénérée, amoureuse, heureuse comme aux premiers jours...

– Qui est Lola ?

– Lola est une personne à qui il ne faut jamais poser de questions... Ce qu'elle fait pendant ces parenthèses doit rester un mystère.

C'est la condition pour la garder : supporter ses absences, accepter ses rites de disparition et de réapparition, jouer le jeu...

– Cela lui arrive si souvent, de disparaître ?

– La première fois, elle avait dix-sept ans. Stanislas aussi. C'était l'été, les après-midi ils s'enfermaient tous les deux dans une chambre du château. Un jour, elle s'est enfermée avec moi... Je ne voulais pas, c'était le premier grand amour de mon frère, et j'avais dix ans de plus qu'elle. Mais quand Lola demandait quelque chose...

– Est-ce que Stanislas a su ce qui s'était passé entre vous ?

– Stanislas à ce moment-là avait la beauté du diable, toutes les femmes étaient folles de lui. Il était déjà un pianiste promis à un bel avenir, il aimait sortir, briller en société, il dévorait la vie. Lola, bien que jolie, brune, fine et rêveuse, avait un charme plus discret. Je me disais : elle sent bien que Stanislas ne lui appartiendra jamais entièrement, c'est pour cela qu'elle s'efforce de ne pas s'attacher exclusivement à lui. Et je croyais que c'était pour cela qu'elle m'aimait aussi, moi, plus réservé, plus mûr, plus rassurant...

« Depuis cette époque, j'ai bien souvent changé d'idée sur le comportement de Lola... Et puis j'ai renoncé à chercher une explication. Lola nous aimait tous les deux. Elle avait besoin de lui et de moi comme lui et moi avions besoin d'elle, et comme elle avait besoin de disparaître, aussi, de temps en temps...

– Alors, elle vous a aimés tous les deux pendant si longtemps...

– Et dès la fin de ce premier été, une nuit, après un dîner au château avec Stanislas, notre père et moi, sans prévenir personne, elle est partie. Quand elle a réapparu, huit ans plus tard, nuit pour nuit, je vivais alors seul au château. Mon frère et moi en avions hérité après la mort de notre père, mais Stanislas, devenu soliste de renommée internationale, n'y faisait plus que de brefs séjours, entre deux tournées. Elle s'est choisi une chambre, et elle est restée là, avec moi.

– Vous ne lui avez pas demandé les raisons de son départ, et ce qu'elle avait fait pendant ces huit années ?

– J'ai bien essayé. Mais comme je vous l'ai dit, il ne fallait pas poser de questions. J'ai vite compris qu'elle ne céderait pas. Elle s'est présentée au château comme si rien ne s'était passé, et je n'en ai pas été tellement étonné, au fond. Je ne m'étais pas marié, je l'attendais.

– Et Stanislas ?

– Stanislas aussi était resté célibataire. Oh, il avait sûrement de nombreuses maîtresses aux quatre coins du monde... Mais il revenait toujours seul au château, comme s'il s'attendait, lui aussi, à y revoir Lola, un jour ou l'autre. Lorsque lui et moi nous retrouvions, seuls dans la grande bâtisse, nous ne parlions jamais de Lola, mais nous savions bien, tous les deux, ce qui nous retenait ou nous ramenait là...

« J'ai eu Lola pour moi seul pendant quelques mois, et puis Stanislas est revenu pour l'une de ses haltes, et tout a recommencé. Lola n'a pas pu choisir. La porte de sa chambre s'ouvrait tour à tour pour moi et pour Stanislas, et nous avons accepté cela parce que nous savions, tous les trois, qu'il ne pouvait pas en être autrement, que le bonheur n'est jamais parfait, mais qu'il serait criminel de refuser ce qui s'en approche le plus.

« Peu de temps après le départ de Stanislas pour une autre tournée de concerts, Lola a de nouveau disparu. Huit jours seulement. Et puis la vie a repris, poursuivi le même cours... Avec les retours de Stanislas, les absences de Lola, mes veilles... Mes nuits de solitude, du haut de la tour où j'ai installé un télescope, j'observais les étoiles... Mes autres compagnes... »

Le secret de Léon

Il s'est tu un moment. Je ne savais pas quoi dire. Il devait souffrir... Comment cette Lola avait-elle pu inspirer un tel amour à ces deux hommes, et en même temps garder cette liberté incroyable de disparaître ? D'habitude, on est tellement prisonnier, quand on est trop aimé... Peut-être l'était-elle malgré tout, prisonnière...

Il s'est levé, m'a repris la main.

« Venez. Je vous emmène à mon observatoire.

– Mais, la nuit est noire... Il n'y a pas une étoile...

– Ça ne fait rien. Venez. »

Je me suis mise à penser qu'ainsi, c'était cette femme que Stanislas attendait. Et quand elle arriverait, dans un moment peut-être, Léon et lui se désintéresseraient de moi, Léon et Stanislas feraient l'amour à cette femme toute la nuit à travers le château, et m'abandonneraient à la solitude et à l'insomnie, tourmentée par les halètements de plaisir des trois amants, qui se répercuteraient dans les pierres de couloir en couloir, et de veine en veine dans mon corps douloureux. J'ai eu une violente envie de mourir, ou de vivre, car je voyais soudain avec une netteté absolue que c'était la même chose.

Comme je n'avais pas pris mon sac avec moi en descendant de la voiture, je n'avais pas de rechange, et je m'étais couchée nue entre les draps. Aussi, tandis que Léon me tirait par le bras, de l'autre main je m'accrochais à la couverture. Il a compris la situation, enlevé sa veste de velours, quelque chose comme une veste de chasseur assortie à sa tenue de *gentleman farmer*, bottes de cuir et chemise de laine, et me l'a tendue.

« Mettez ça et venez. Ça ne sera pas long. »

J'avais envie d'en entendre davantage sur Lola. J'ai enfilé la veste, qui m'arrivait aux genoux, mis mes chaussures, et nous sommes sortis.

Léon n'a pas attendu longtemps pour satisfaire ma curiosité. Tout en marchant, il s'est remis à parler. Dans la lumière des bougies, il ressemblait à un vieux fou somnambule, qui rabâche tout seul toujours les mêmes histoires. Je ne l'ai pas interrompu, et, comme si son récit avait été minuté, il était terminé au moment même où nous atteignions son repaire.

« Lola devait avoir votre âge quand elle est revenue au château, après sa première disparition. Sept ans plus tard, après sept années de cette sorte de bonheur que je vous ai décrit, elle mettait au monde notre fils, Rémi.

« Il était impossible de savoir qui était le père, de mon frère ou de moi. En attendant que l'enfant fût en âge de comprendre la situation et de se poser la question, on éluda le problème en l'habituant à appeler ses pères et mère par leurs prénoms.

« On avait dû provoquer artificiellement la naissance du bébé, car Lola avait dépassé les neuf mois de grossesse, et il ne se décidait toujours pas à venir au monde. Plus tard on a, sans doute abusivement, imputé à cette naissance pénible le caractère fragile et difficile de l'enfant.

« Notre petit Rémi a grandi dans un mélange d'amour passionnel et de désintérêt, de la part de ses trois parents. Tantôt il était le centre du monde, le symbole de notre union, notre espoir... Et il se trouvait couvert d'affection, d'admiration et de cadeaux. Tantôt, il faut bien l'avouer, il gênait nos amours, et nous supportions mal l'intrusion d'une quatrième personne dans nos relations déjà complexes...

« Nous avions réussi à rendre notre union amoureuse particulièrement satisfaisante, et elle était restée fondée sur des liens physiques très forts... De plus en plus forts, même, à mesure que le temps passait et que nous nous en servions pour aiguiser nos appétits amoureux, pour fouiller, préciser et affiner nos désirs, comme on travaille un bloc de marbre pour y ciseler une œuvre d'art...

« Mais à mesure que l'enfant grandissait, nous étions de plus en plus tenaillés par l'inquiétude d'avoir à répondre à ses questions. Nous avons retardé le plus possible le moment de l'envoyer à l'école, de peur que le contact avec les autres enfants, qui avaient un seul père, ne précipitât le moment de l'explication.

« Pourtant, bizarrement, même après avoir découvert une autre vie que celle du château, Rémi n'a jamais rien demandé. Peu à peu, on a oublié le problème, même s'il continue à planer comme une sourde menace...

« La dernière fois que Lola a disparu, Rémi avait neuf ans. D'abord il l'a attendue au bout de huit jours, puis au bout de huit semaines, selon un rythme auquel il était accoutumé. La nuit du huitième mois, il l'a attendue seul sans dormir dans sa chambre, car Stanislas et moi avions fait mine d'aller nous coucher, par crainte de sembler lui promettre un retour qui n'était que trop incertain.

« Après cela, il n'a plus jamais été question de Lola entre nous. Rémi ne parlait plus. Il a réclamé un poste de télévision, puis un deuxième, il en a ramené d'autres lui-même, on ne sait d'où, et finalement il en a entièrement entouré son lit, où il passe tout son temps, avec des magnétoscopes et des cassettes qu'il rapporte chaque soir en rentrant du lycée.

« Et maintenant, le délai de huit années est écoulé, la nuit du dernier espoir arrivée, Stanislas s'est arrangé pour être là, et nous attendons Lola... »

Nous étions arrivés devant la porte de la tour, au tout dernier étage du château. Léon a sorti de sa poche un gros trousseau, un large anneau de fer chargé de grandes vieilles clefs qui s'entrechoquaient en tintant.

Le donjon

La pièce était ronde, occupant toute la surface de la tour, et partagée en trois arcs de cercle d'égale importance par trois fenêtres, devant chacune desquelles un télescope monté sur trépied pointait vers le ciel.

Léon m'a entraînée vers le centre du cercle et, tournant sur lui-même, a éclairé successivement chaque portion de l'observatoire. Puis il m'a laissé le chandelier, et j'ai fait le tour de la pièce, seule.

L'un des murs, entre deux ouvertures, était occupé par deux hautes bibliothèques pleines de livres et de revues, aussi bien les publications d'astrophysique les plus récentes que de très vieux ouvrages d'astronomie.

Contre le deuxième mur s'étendait une table de travail en bois ciré, encombrée d'objets de tous âges, sous-main, pots à crayons, feuilles de papier, livres, appareils de photographie, encriers et porte-plume, lunettes, mappemonde. Au-dessus de ce bureau, étaient accrochées trois grandes cartes du ciel. L'une, horizontale et toute en longueur, pour la zone équatoriale ; et, flottant au-dessus de cette bande comme deux gros ballons, deux cartes rondes pour l'hémisphère Nord et l'hémisphère Sud, où étoiles et constellations étaient indiquées par leurs noms savants.

Le dernier mur, en partie occupé par un divan, était également tapissé de diverses reproductions, carte céleste chinoise du dixième siècle, semblable à un dessin d'enfant, où constellations et idéogrammes avaient également l'air de fourmis, horloge stellaire égyptienne, manuscrits de Galilée, et de nombreuses photos, ou images reconstituées par ordinateur, de planètes, d'étoiles et de galaxies.

J'avais fait le tour de la pièce lentement, en regardant avec attention tous les objets, mais je pensais à Lola, à la vie et aux amours étranges de Lola, et aussi à l'union un peu monstrueuse de ces deux frères avec une même femme, au fils qui leur était né...

Je me suis retournée vers Léon. Ici, debout au centre de son nid d'aigle, avec sa barbe et ses cheveux blancs, il ressemblait à un vieux mage, ou à un ermite. Derrière les trois fenêtres, on ne voyait rien, que le noir de la nuit, pointé par les télescopes. L'une des images, sur le mur, représentait un trou noir, effilé comme un œil égyptien, le blanc tout de lumière, et la pupille, au centre, le trou rond et noir, cerné d'un anneau lumineux.

« Vous savez comment fonctionne un trou noir ? » a dit Léon.

Il était maintenant juste derrière moi, et comme je ne l'avais pas entendu approcher, j'ai sursauté.

« C'est une sorte de maelström, a-t-il repris. Vous savez, ces tourbillons marins qui aspirent les navires qui ont le malheur de se laisser glisser au bord de l'entonnoir... Un trou noir est un puits si profond que rien de ce qui y tombe ne peut s'en échapper, et tout ce qu'il engloutit, matière ou lumière, disparaît de l'univers observable...

– C'est très étonnant, cette forme d'œil... Est-ce qu'on peut imaginer que les trous noirs nous observent avec gourmandise, qu'ils nous dévorent des yeux ?

– On peut imaginer ce qu'on veut. Moi, je regarde souvent les constellations comme des troupeaux de vaches blanches occupées à brouter le ciel... Je connais chacune par son nom... Kassiopeia, Andromeda, Cepheus, Lyra, Corona Borealis, Canes Venatici, Ursa Major, Draco, Ursa Minor... Je connais leurs déplacements, je sais où elles se trouvent à n'importe quelle heure de n'importe quelle nuit, même quand on ne les voit pas... Elles sont grandes et belles, elles s'en vont toutes ensemble à travers le vaste ciel... Ce sont les compagnes les plus fidèles et les plus apaisantes que je connaisse...

– Cet observatoire est certainement un merveilleux lieu de recueillement et de solitude...

– Mais pas du tout... Avez-vous une idée de la quantité et de la variété des objets célestes qui peuplent l'univers, avez-vous une idée de l'exubérance et du désordre qui peuvent y régner ? Deux cents milliards d'étoiles pour notre seule galaxie, et il y a des milliards de milliards de galaxies... Galaxies spirales, comme la nôtre, galaxies elliptiques, lenticulaires, irrégulières... Quasars, si éloignés dans l'espace qu'ils nous permettent de remonter dans le temps jusqu'aux débuts de l'univers, puisqu'ils nous renvoient une image qui peut dater de quinze milliards d'années lumière... Naines blanches, novae et supernovae, étoiles à neutrons et pulsars, amas stellaires, amas globulaires... Et tout le milieu interstellaire, nébuleuses, nuages moléculaires, poussières... Et dans le système solaire, les planètes et leurs satellites, météoroïdes, comètes, astéroïdes... On connaît les grandes planètes de notre soleil, mais des milliers d'astéroïdes de toutes formes sont aussi du voyage, dont certaines ne mesurent que quelques kilomètres, comme les astéroïdes Apollo-Amor, chassés des lacunes de Kirkwood par les perturbations gravitationnelles de Jupiter... Sans parler de la déformation de la structure de l'espace-temps et de la déviation des rayons lumineux par les trous noirs, sans parler de la matière invisible... Dans le ciel, tous les objets et tous les temps se superposent, des forces gigantesques sont constamment à l'œuvre, des énergies d'une puissance infinie s'affrontent ou fusionnent, se libèrent, partout et sans cesse le chaos tend à s'organiser... Si c'est encore être seul que d'être ici, c'est en tout cas l'être beaucoup moins qu'en d'autres compagnies...

– Si je comprends bien, vous trouvez tout à la fois ici le tumulte et la paix... Pourquoi m'y avoir amenée, alors ?

– Je pensais que cela vous intéresserait.

– Vous aviez raison. Mais j'aurais préféré pouvoir observer le ciel...

– Mais bien sûr, bien sûr... Venez. »

Il m'a entraînée vers un télescope. Il semblait de plus en plus exalté. J'ai pensé qu'il devait être à moitié fou.

« Le ciel est si noir... Comment pourrais-je y voir quoi que ce soit ?

– Je vous en prie, regardez... »

Il était maintenant à la fois empressé et suppliant. J'ai collé un œil contre la lunette. Évidemment, je n'ai rien vu. Mais il a insisté. Je ne devais pas bouger. J'ai appliqué de nouveau mon œil contre la lentille de verre, et j'ai essayé de discerner quelque chose.

C'est alors que j'ai senti le contact froid de ses mains sur ma peau, sous la veste de velours. En même temps, il murmurait : « Je t'en prie, je t'en prie... » Je n'y voyais rien, j'étais paralysée par ce murmure lent, qui courait à toute vitesse le long de ma peau... « Je t'en prie, je t'en prie... » J'ai écarté largement ma veste.

« Lola... », a dit Léon. Et il a éteint les bougies. Encore une fois il a fait entièrement noir. Quand il fait noir, on n'a plus la même notion du temps, à vrai dire on croirait que le temps est immobile, une sorte de trou, et alors je ne sais pas si c'était tout de suite ou longtemps après, j'étais étendue sur le divan, j'ai senti un souffle et une langue tièdes dans mon cou, et puis cela s'est promené partout sur mon visage et sur mon corps, partout sur mon corps meurtri par Stanislas, la langue qui lèche les blessures et les petits bruits de lapements et de gémissements de joie humble, comme un chien. Et puis j'ai ouvert mes cuisses dans sa bouche, et il est resté collé là, longtemps. J'ai chaviré, aspirée par l'éternité.

Tout le temps que ça a duré avec Léon, je n'ai rien fait, je suis restée toute souple et toute légère entre ses mains de colosse, une poupée de chiffon, une femme, une enfant, une pâte de chair tendre, et moi je le laissais faire, tout, comme si rien jamais n'allait prendre fin.

Je me suis retrouvée couchée sur le dos, seule et nue, membres écartés, exténuée, plus polie qu'un galet, plus douce qu'une méduse. Le chandelier était posé par terre à côté du divan, avec les deux bougies allumées. J'ai eu l'impression de m'être évanouie.

Le vent geignait contre les murs. Je me suis levée, je suis allée jusqu'à la fenêtre, où se tenait ventousée la nuit opaque. J'avais froid. J'avais envie d'un oiseau, j'aurais aimé voir un oiseau, un rapace au vol immobile dans un ciel sans couleur au-dessus des falaises.

J'ai retrouvé la veste en velours abandonnée par terre, et je l'ai mise. Maintenant que j'avais de la lumière, j'avais envie de visiter le château. Je pensais à Lola, parfois son histoire se confondait dans mon esprit avec celle de Marie et de Luz, et le seul visage que je pouvais leur donner, c'était le dernier visage de femme que j'avais vu, celui de la morte dans la voiture.

Troisième cercle
Rémi

Le dédale

Était-ce moi qui, mal éclairée, revenais toujours sur mes pas, sans m'en rendre compte ? Il y avait tant de couloirs... Paliers, amorces d'escaliers, corridors qui bifurquaient dans tous les sens... Portes... Beaucoup étaient fermées à clé, mais sur certaines, la clef était restée dans la serrure, il suffisait de la tourner.

Les portes s'ouvraient alors sur des pièces qui semblaient inhabitées depuis longtemps. L'ameublement, ancien, cohérent et ordonné comme dans un musée, était poussiéreux et terne. On avait envie de jeter des draps blancs sur le velours des fauteuils, pour ne pas les exposer davantage au spectacle morbide du temps arrêté.

Aux murs pendaient des tableaux mornes, paysages, portraits, pesamment encadrés, comme autant de regards morts sous des paupières lourdes. Dès que je les regardais plus d'un instant, dans le halo jaune et tremblotant du chandelier, toutes ces vieilles croûtes devenaient les yeux chassieux des murs, des yeux de morts vivants, et on pouvait s'attendre à voir sortir des vers partout de la tapisserie.

D'autres pièces étaient remplies de vieux meubles et de vieux objets entassés en désordre. Quelques autres encore, plus sobres, révélaient une disposition rigoureuse, mais le plus souvent étrange, comme si leur arrangement, loin d'avoir été conçu pour répondre aux habitudes et à l'usage ordinaires, devait remplir une fonction précise qui ne pouvait se comprendre que dans un autre ordre, celui du château tout entier.

L'une d'elles, par exemple, contenait trois grands lits à barreaux alignés côte à côte, sous la fenêtre. Dans une autre, des divans aux formes courbes, disposés en rond, dégageaient au milieu de la pièce une sorte d'arène qui faisait penser à une grande toupie morte, à cause du piquet de bois dressé comme un totem au centre du cercle et de la spirale, peinte en rouge sur le sol, qui partait de sa base et se déroulait jusqu'au pied des divans.

Parfois, la curiosité me poussait à pénétrer entièrement dans la pièce, pour mieux en scruter les recoins avec ma pauvre lumière. Mais le plus souvent, j'osais à peine tourner la clef dans la serrure et ouvrir la porte. J'avais peur. Le château grinçait sur lui-même comme un vieux navire sur le point de couler. Le cœur battant, j'empruntais des escaliers, poursuivais à travers les étages ma progression lente dans le boyau sombre. J'oubliais les bruits, j'oubliais les ténèbres, j'essayais de comprendre.

À force d'observation, en tendant mon chandelier par les fenêtres chaque fois que l'occasion se présentait, j'ai réussi à me faire une idée de l'anatomie extérieure du château. Apparemment, il épouse la forme du piton rocheux qui le soutient, c'est-à-dire à peu près celle d'une serrure, dont la partie supérieure, arrondie, regarde le sud. Assez large en son extrémité nord, il s'allonge vers le sud selon deux lignes fuyantes qui tendraient à se rejoindre pour former un triangle isocèle, s'il ne se terminait par la tour ronde, dont le pied fait intimement corps avec le sommet du rocher et qui fend le vide comme la proue d'un vaisseau.

Quant au dédale intérieur, j'ai dû renoncer à en saisir la logique. Je n'aurais pas été moins perdue si je m'étais aventurée, avec une seule bougie sur un chandelier à trois branches (j'avais éteint l'autre pour l'économiser, ne pas me retrouver dans les ténèbres avec deux bougies usées), dans les circonvolutions d'un cerveau.

Dans l'un de ces salons morbides, prise d'une subite inspiration, j'ai posé le chandelier sur un guéridon et je me suis mise à danser autour. Yopa, la danse est dans les pieds et dans les trous de nez ! En levant les genoux et en frappant des mains ! Ivre de joie, maintenant je sentais combien la vie était merveilleuse, combien j'étais libre ! légère ! Tout autour de moi dansaient les grands animaux des nuits, tous ensemble nous tournions, et tout en balançant mon corps d'avant en arrière je leur disais baleines noires au fond des mers sans lune, la lune a des écailles de poisson d'or dans un poêlon d'étain, grands animaux des nuits nichés au creux du creux de mon ventre de faim, il y a des trous dans les étoiles et mes cheveux s'en vont, plantes, lianes, rivières, et les bayous de la Louisiane dans le souffle éreintant des saxophones, bêtes des nuits solaires, tambour tendu aux paupières du ciel... Les mots sortaient tout seuls de ma bouche, colliers de perles enroulés dans ma gorge, et les bêtes de la nuit riaient, ululaient, rugissaient, et le chant, le chant des baleines, me faisait mourir de plaisir. Alors je suis tombée à quatre pattes, et j'ai juré mon amour à la nuit, qui me chevauchait.

J'ai entrepris de retourner sur mes pas. Comme j'avais vu beaucoup de pièces abandonnées, j'ai pensé que les pièces habitables devaient être regroupées du côté de ma chambre. Celle de

Léon, en tout cas, était certainement très proche de la mienne, puisqu'il était apparu presque aussitôt après que j'eus crié, à cause de ce cauchemar avec la morte.

Seulement, ce n'était pas si simple à réaliser. J'ai recommencé à prendre des couloirs, des escaliers, à ouvrir des portes, traverser des pièces qui donnaient sur d'autres pièces... Des fenêtres, quand je pouvais apercevoir la tour, je traçais mentalement une croix dont les branches indiquaient les points cardinaux, et je tâchais de retrouver ma position à l'intérieur du bâtiment d'après une rose des vents imaginaire, dont je plaçais l'axe, le point d'intersection, au centre du château.

Finalement, j'ai reconnu le couloir qui mène à ma chambre. Ma bougie était presque entièrement consumée. J'étais fatiguée. J'étais devant ma porte, à me demander si j'allais l'ouvrir et entrer me mettre au lit, ou allumer la seconde bougie et continuer. Et soudain, à l'autre bout du corridor, j'ai vu un faible rectangle de lumière changeante sur le sol. Je me suis dirigée vers lui. Maintenant j'entendais des bruits assourdis de voix et de musiques, de plus en plus forts à mesure que je me rapprochais.

Je suis arrivée devant la porte sous laquelle

filtrait la lumière. Les sons, très étouffés par l'épaisseur des murs de pierre, se mélangeaient en une cacophonie où l'on distinguait des halètements et des cris, sur les rythmes superposés, hachés, de musiques qui se chevauchaient. J'ai frappé. Comme personne ne répondait, j'ai appuyé sur le loquet, et je suis entrée.

Rémi

Au milieu du grand lit carré, un jeune homme nu était assis en tailleur, dos à moi. À cause du bruit, peut-être, ou parce qu'il se croyait seul au monde, il ne m'a pas entendue entrer, il n'a pas tourné la tête vers moi. Ce qu'il regardait, c'était les images projetées par une vingtaine de postes de télévision de toutes tailles disposés en cercle autour du lit. Certains écrans diffusaient des films pornographiques ou des films d'horreur, avec gros plans et effets spéciaux, d'autres des clips musicaux syncopés, des publicités ou encore des journaux d'information et des émissions de jeux.

J'ai refermé la porte et je me suis assise dans le couloir, sur le plancher. Ma bougie s'est éteinte. Je suis restée sans bouger dans le noir, à penser à mon adolescence. Tout était si triste et si exaltant, à ce moment-là.

J'ai attendu assez longtemps, et j'ai de nouveau ouvert la porte. Cette fois, Rémi était habillé, jean et tee-shirt. Toujours dos à moi, face aux écrans. Je me suis approchée du lit, j'ai touché son épaule. Enfin, il s'est retourné vers moi.

D'abord, j'ai vu ses yeux. Une pupille verte avec des taches d'or, l'autre bleue et grise. De grands yeux avec des cils presque blancs, presque invisibles. Ses cheveux courts, raides et très blonds, presque blancs eux aussi, encadraient un visage qui semblait sorti d'un film d'*heroic fantasy*. La peau était mate, comme celle d'un métis, les pommettes saillantes, le front étroit, le nez petit, les lèvres bien dessinées, le lobe des oreilles directement attaché au visage. Tout de suite j'ai aimé Rémi.

J'ai commencé à me présenter, mais il m'a interrompue. Il savait. À cause de leur différence, je n'arrivais pas à le regarder normalement dans les deux yeux à la fois. J'avais tendance à aller d'un œil à l'autre, sans pouvoir me décider à choisir, et c'était très gênant.

Lui aussi me regardait avec intérêt, et un certain désarroi. Comme m'avaient regardée Stanislas puis Léon. Je me suis demandé à qui il ressemblait le plus, mais il pouvait aussi bien être le fils de l'un ou de l'autre.

Il s'était déjà retourné vers ses écrans, sans s'occuper davantage de moi. Peut-être s'attendait-il à ce que je m'en aille. Mais je savais bien que je ne pourrais pas dormir. Sur le ton d'une question, j'ai remarqué que l'électricité avait été rétablie. Il a répondu qu'elle n'avait jamais été coupée, que c'était une manie de Stanislas et de Léon de ne pas allumer les lumières, quand ils attendaient Lola.

Alors Stanislas avait menti. Sans doute parce que s'il avait dit la vérité à propos de l'électricité, il aurait eu l'air fou. J'ai demandé :

« Et toi ? Tu ne l'attends pas ?

– Tu lui ressembles. Ils ne croient plus vraiment qu'elle va revenir. Ils n'en ont peut-être plus tellement envie non plus. Ils attendent Lola, tu arrives. Presque la même. Ça leur suffit pour t'ouvrir la porte. Ils sont lâches et infidèles. »

Je n'ai pas répliqué tout de suite. J'étais blessée, parce que ses paroles disaient que je ne pourrais jamais remplacer Lola. Blessée pour elle, aussi, parce qu'il était pourtant vrai qu'ils lui avaient été infidèles, en cette nuit même où ils l'attendaient. Mais je les avais aimés, le temps du désir, au moins. J'ai essayé de les défendre :

« Il me semble pourtant, ai-je repris, que jusqu'ici ils ont toujours fait preuve d'un grand courage et d'une grande fidélité, pour préserver leur amour...

– C'est l'histoire de Léon. Il raconte toujours la même histoire. Toutes les femmes qu'ils ont amenées ici, depuis le départ de Lola, ont toujours voulu me connaître, pour finir leur nuit.

Les femmes s'imaginent toujours que tous les hommes les désirent. Comme je ne les laisse pas me toucher, elles essaient de me faire parler à propos de cette histoire que Léon leur a racontée. »

Je me suis assise sur le bord du lit, à côté de lui. À cause de tous ces bruits et de toutes ces images qui nous cernaient, j'avais du mal à comprendre ce qu'il me disait. Ou ce qu'il me disait me faisait trop mal.

Je lui ai demandé s'il ne voulait pas baisser un peu le son. Il s'était aménagé quelque chose qui ressemblait à un clavier de piano, de calculatrice ou de machine à écrire, et qui était en fait une longue tablette montée sur un bras articulé qui permettait de la déplacer au-dessus et au-dehors du lit, et sur laquelle était alignée toute une rangée de boîtiers de télécommande.

En faisant pivoter ce clavier successivement tout autour du lit, il a réglé le volume sonore de chaque poste d'une pression du doigt sur la touche adéquate. Il n'est resté qu'un faible bruit de fond, mi-burlesque mi-pathétique, avec tous ces cris d'horreur et de plaisir, ces hurlements de sirènes de police, ces coups de feu, ces jingles, ces boîtes à rythmes, tous ces bruits violents devenus insignifiants à force d'être brouillés et réduits, à peine audibles.

Je pensais à l'obscurité dans laquelle le château était délibérément plongé, je pensais au mensonge de Stanislas, à celui de Léon. Et maintenant, il y avait ce garçon étrange qui disait autre chose. Pourquoi le croire, lui, plutôt que les autres ? Si l'on est lucide, on ne peut faire entièrement confiance à personne. Le monde est peuplé de gens qui font confiance à des gens qui les trompent. La confiance est un sentiment noble et généreux, mais il faut se laisser tomber en état d'inconscience pour parvenir à l'éprouver.

C'est sans doute ce que je venais de faire devant Rémi, car j'étais prête à croire tout ce qu'il me dirait. Je n'avais pas de raisons plus sérieuses que la qualité de son regard, mais y en a-t-il de plus sérieuses ? La vraie raison est que j'étais trop lasse pour me protéger, que j'avais besoin d'avoir confiance.

J'avais très envie d'en savoir davantage sur Lola, mais je ne voulais pas qu'il me considère comme ces autres femmes qui ne pensaient qu'à retirer de lui un supplément de plaisir ambigu. Alors je me suis tue.

J'ai regardé un moment les télévisions avec Rémi, qui pianotait sur sa console à télécommandes. Un instant, j'ai cru reconnaître quelques notes d'un air que j'avais entendu souvent, mais la suite a aussitôt disparu, coupée par d'autres sons, d'autres images, avant que j'aie eu le temps de percevoir de quel poste avait jailli ce fragment de mélodie. Je me suis dit que le zapping était énervant comme un art, que Rémi finalement, avec tous ses écrans et toutes ses télécommandes, réalisait quelque chose qui ressemblait à une œuvre d'art réellement moderne, une sorte de tableau du spasme.

Je me suis dit aussi que je ferais mieux de partir avant que Lola n'arrive. Mais il faisait toujours nuit, et je n'avais plus de phares. Et puis, peut-être Léon avait-il purement inventé toute cette histoire autour du chiffre 8. Peut-être n'y avait-il aucune raison pour que Lola revînt cette nuit. Je me suis mise à penser à elle.

Je ne savais rien d'elle, au fond. Tout ce que m'en avait dit Léon, c'est qu'elle avait depuis toujours aimé deux frères, et, depuis toujours aussi, disparu et réapparu régulièrement. J'imaginais Stanislas à dix-sept ans. Il devait être très beau, de l'une de ces beautés que l'on ne peut plus quitter des yeux, ou qui vous les fait baisser, parce qu'on a du mal à y croire. Certainement une beauté à couper le souffle. Les gens sont comme les grands tableaux, on n'en finit pas de faire des découvertes en les regardant. Quand il s'agit de visages d'une grande beauté, ou d'une grande originalité comme celui de Rémi, alors le trésor que renferme toute vie paraît encore plus riche et plus inaccessible. C'est pourquoi l'on se sent à la fois si avide et si petit devant de tels visages.

C'était ce qui avait dû arriver à Lola. Et elle s'était tournée vers Léon, qui devait être très séduisant lui aussi, avec son charme plus secret de veilleur des nuits. Je me demandais si Lola avait hésité entre l'un et l'autre, ou si elle avait tout de suite su qu'elle garderait les deux. Si elle était partie au bout du premier été, elle n'avait certainement pas eu le temps de se poser la question.

À bien y penser, cette première disparition était vraiment étrange. Les suivantes pouvaient s'expliquer par un certain besoin de respirer, de s'échapper de ce trio quand il devenait étouffant. Mais à dix-sept ans, au bout d'un été de flirts, même un peu complexes, pourquoi cette fuite, si totale et si longue ? Pourquoi pas une simple rupture ?

Au moment où j'essayais de me représenter ce qu'avait pu être cette première absence de huit ans, j'ai tourné la tête, comme si on venait de m'appeler. Et c'est là que je l'ai vu. Le visage ensanglanté de la morte. Juste une fraction de seconde, et il s'est effacé aussitôt, en me laissant la gorge nouée.

J'ai regardé Rémi, qui ne me voyait pas. Je me suis obligée à penser à autre chose, pour chasser l'image de mon esprit. J'ai regardé Rémi, et ce à quoi j'ai pensé, c'est qu'il aurait été plus correct que je sorte de cette chambre maintenant. Peut-être Lola aussi avait-elle peur de la solitude, dans ce château. Je ne voulais pas avoir fait ça. La morte. Pourquoi la vie était-elle ainsi, pourquoi Lola avait-elle toujours été obligée de disparaître, pourquoi Léon et Stanislas l'attendaient-ils, pourquoi la trompaient-ils, s'ils l'attendaient, pourquoi Rémi n'avait-il finalement ni père ni mère ? Tout était si sombre dans ma tête, soudain on n'y voyait plus rien. C'était comme si de toute ma vie je ne devais plus jamais rien comprendre.

J'ai posé ma tête sur les genoux de Rémi, il m'a caressé doucement les cheveux, des larmes chaudes se sont mises à couler, lentement, et je me suis endormie, la joue sur son jean mouillé.

Le secret de Rémi

C'est alors que j'ai fait ce rêve où Rémi me racontait que Lola était peintre.

« Le château continue de se remplir de ses toiles, disait-il, même depuis qu'elle est partie.

– Même depuis qu'elle est partie ? reprenais-je, vivement émue. Mais comment est-ce possible ? » Et d'un seul regard, Rémi me faisait comprendre que depuis la disparition de Lola, c'était moi qui peignais à sa place.

Je n'osais rien dire, mais j'étais très impressionnée. Comment aurais-je pu créer des tableaux sans m'en rendre compte, moi qui ne savais même pas peindre ? Et pourquoi moi ? Je pensais à tous ces tableaux qui continuaient de s'accumuler depuis huit ans, aussi mystérieusement que Lola avait disparu, et je n'arrivais pas à comprendre comment j'avais pu les peindre sans le savoir, ni, surtout, pourquoi. Le plus étrange, vraiment, était que tous ces tableaux aient continué de s'ajouter les uns aux autres, alors qu'il n'y avait absolument personne pour les peindre.

J'ai ressenti une telle angoisse que je me suis réveillée. Comme il arrive souvent, et parfois même longtemps après être sorti du sommeil, j'étais encore intimement pénétrée de mon rêve, au point d'y croire encore, malgré les dénégations de ma raison. J'ai demandé à Rémi si Lola était peintre. Il a eu l'air un peu surpris, et ensuite un peu gêné.

« Pas vraiment, a-t-il dit. Elle faisait de la photo. De temps en temps, elle retravaillait ses images avec de la peinture. Elle s'enfermait, elle disait qu'elle s'amusait. Léon n'aimait pas ça, ni Stanislas. Ce qui leur déplaisait, c'était qu'elle photographiait toujours le même sujet : elle. Je les ai entendus se disputer à cause de ça. Tous les deux contre elle. Ils disaient que ça devenait une obsession, qu'elle se faisait du mal à elle-même avec des autoportraits aussi horribles. Moi, je n'ai jamais vu ces photos, mais je crois qu'ils étaient surtout jaloux.

– Jaloux de quoi ? »

Il a haussé les épaules, et délibérément fixé son regard sur une télévision. Je me suis tue moi aussi, mais j'étais encore dans mon rêve, où Rémi m'avait parlé des tableaux de Lola. Je lui en voulais de m'avoir raconté cette chose qui me mettait mal à l'aise. Je n'ai pas prêté davantage attention au fait qu'il me montrait clairement, par son attitude, que la conversation était close, et je lui ai demandé, avec une pointe de rancune :

« Pourquoi m'as-tu raconté ça ?
– Parce que tu me l'as demandé. »

Il avait répondu d'une voix neutre, presque basse, sans se retourner, comme s'il était réellement fasciné par son petit écran. J'étais sûre qu'à ce moment-là il jouait la comédie. La vérité était qu'il n'avait pas envie de dire un mot de plus. Je me suis aperçue que je ne savais plus très bien quelle part de la conversation appartenait au rêve, et quelle part à la réalité.

Rémi me tournait le dos, et je me disais que je ferais bien de le laisser maintenant. Je me disais cela, et je savais que je ne le ferais pas, parce que j'avais peur. Peur d'avoir peur, de la morte, du château, des deux hommes qui n'allaient pas dormir cette nuit, de moi. Seul Rémi ne me faisait pas peur. Il boudait, il se méfiait de moi et il trouvait sans doute que je ne comprenais rien à rien, mais il savait comme moi qu'entre nous il n'y avait pas vraiment de problème, parce que j'étais de son côté. C'était comme lui que je voulais être encore. Si j'avais été comme lui au moment de l'accident, je n'aurais pas fui. C'est comme lui que je suis redevenue, maintenant que j'ai compris tout ce qui s'est passé cette nuit-là.

Comme je suis contente d'avoir vécu cette nuit, toute l'horreur de cette nuit ! C'est bien fait, bien fait pour moi, pour eux, pour elle, bien fait pour tous les lâches et les menteurs de cette terre.

Rémi, le seul être ici qui ne ressemblait pas à un fantôme, le seul qui n'était pas entièrement rongé par la nuit. Rémi, lui, habitait sa propre demeure, dans ce cercle d'images qu'il avait élevé autour de lui, et qui était aussi le seul cercle de lumière de ce château de nuit. C'est derrière cette barrière qu'il avait pu continuer à exister, au centre de ce cercle qu'il avait pu s'isoler, se préserver, et trouver le moyen de se parler à lui-même, à l'être vrai palpitant au centre de son corps.

Quand je repensais à Stanislas et à Léon, j'étais prise d'un mélange de pitié et de respect, pour eux et pour moi. Qu'étions-nous devenus, pauvres adultes ? Quelles étreintes folles nous rapprocheraient jamais assez de notre nuit pour la conjurer ? Comme j'avais aimé cela pourtant, comme je me sentais insatiable ! J'avais envie de repartir à leur recherche, et de leur dire : ce n'était pas assez, je vous veux tous les deux ensemble maintenant, jusqu'à l'épuisement total. Mais il faudrait combien d'hommes pour épuiser une femme, combien de femmes pour épuiser un homme ? Malgré tout, poursuivre la course sans but, la course perdue d'avance, sans espoir d'autre ligne d'arrivée que l'entrée dans le néant, c'était cela notre noblesse et notre misère.

J'avais l'impression d'avoir longtemps vécu, comme Rémi, dans l'inconscience de mon mouvement. J'avais vécu longtemps sans conséquence, dans une autre forme de conscience, très aiguë, qui était celle de l'instant présent. Et puis j'avais basculé dans la conscience du temps qui passe, de plus en plus douloureuse. Au cours de cette nuit, j'ai retrouvé et décidé de garder à jamais cet état de l'enfance où les étés durent une éternité, où le temps n'a pas de bornes, cette immersion dans l'instant qui est pure extase.

Enfant, j'avais toujours refusé de jouer à la poupée, je m'étais toujours révoltée contre cet horrible réflexe maternel qu'on inculque aux filles pour les priver de leur enfance, de cette seule part de liberté et de fantaisie qui peut rester à l'adulte. L'enfant survit en l'homme beaucoup mieux qu'en la femme. Tandis que le garçon court après un ballon qui ne représente rien d'autre que la jouissance et l'illusion, on donne une poupée à la petite fille, comme on lui dirait « Je vais t'apprendre à vivre. » Pour l'assigner à la réalité, cette réalité où son corps, de toute façon, l'empêtrera bientôt.

Ce que je voulais, c'était seulement jouer. Ce qu'il me fallait, c'était refuser ce monde où la distribution des rôles vous ravale au rang d'agent social à destination unique, terrorisé par la grandeur de la vie. Pervers polymorphe. Voilà ce que je voulais être. Les deux mots s'inscrivaient en lettres d'or devant mes yeux, comme s'il n'en existait pas de plus magnifiques. Ce que je refusais d'abandonner en moi, c'était l'enfant, si merveilleusement pervers, polymorphe et innocent. Ce que je voulais être, c'était à la fois une femme et un enfant.

Le laboratoire

Rémi et moi sommes sortis de la chambre et nous nous sommes engagés dans le corridor. Je lui ai demandé pourquoi il n'allumait pas, il a répondu qu'« ils » ne mettaient jamais d'ampoules. J'ai été un peu surprise parce que, tout à l'heure, quand je lui avais parlé de la panne d'électricité invoquée par Stanislas, il avait semblé dire que lui et Léon ne voulaient pas allumer la lumière, et non qu'ils ne pouvaient pas le faire, faute d'ampoules. La nuance était bien mince, mais, j'ignore pourquoi, elle me tracassait. Dans le noir, je commençais à douter même de Rémi. N'avait-il pas, lui aussi, un goût singulier pour les ténèbres? Cependant, je n'ai rien dit. Il m'a pris la main.

Malgré mon guide, je me sentais très maladroite et démunie dans l'obscurité. Nous avons déambulé longtemps, lui devant, me tirant par le bras, moi de plus en plus réticente à mesure que les couloirs succédaient aux couloirs et que s'accentuait la fatigue causée par la tension de tout mon être pour lutter contre les ténèbres.

La première fois que j'ai eu l'impression

que nous revenions sur nos pas, j'en ai fait la remarque à Rémi. Il a répondu que je n'avais pas à m'inquiéter, qu'il savait ce qu'il faisait, et il s'est encore un peu moqué de moi et de ma raideur.

Les fois suivantes, je n'ai rien dit. Je n'étais pas assez sûre de moi pour affirmer que nous tournions en rond. Et si tel était bien le cas, je supposais que Rémi le faisait exprès, pour m'empêcher de retrouver le chemin, plus tard. C'était peut-être pour cette raison aussi qu'il n'avait pas allumé les lumières, ou du moins, s'il était vrai qu'il n'y avait pas d'ampoules, qu'il n'avait pas emporté le chandelier.

Si on imagine qu'une nuit toutes les étoiles s'écroulent, je veux dire qu'elles tombent dans je ne sais quel ogre de puits, si on imagine ce qu'il reste ensuite, eh bien cela doit ressembler à ce château, une sorte de trou nocturne plein de désespoir, avec pourtant quelques formes de vie qui se débattent encore dans l'ombre.

Il y a eu un moment où Rémi a finalement ouvert une porte, et puis il a lâché ma main et éclairé la pièce. La lumière était trop vive, et tout de suite elle m'a fait mal sous les globes oculaires et derrière le front, où ça cognait comme sur un gong.

Quand j'ai vu que nous étions dans ma chambre, j'ai eu envie de me mettre en colère.

« C'est ma chambre, ai-je dit à Rémi. Pourquoi avoir pris tant de détours, alors qu'elle est dans le même couloir que la tienne ?

– Quels détours ? Nous n'avons pris aucun détour. Et c'est la chambre de Lola. »

J'étais trop lasse pour lutter. J'ai simplement demandé encore :

« Que faisons-nous ici ? »

Alors il s'est dirigé vers l'armoire, en face de mon lit, l'a ouverte et m'a fait signe de le suivre. Nous sommes entrés à l'intérieur du meuble, au fond duquel s'ouvrait une autre porte, laquelle donnait sur une autre pièce.

Rémi a allumé la lumière, une petite lumière rouge de laboratoire de photographie, qui éclairait à peine un lavabo et une longue table sur laquelle étaient disposés un agrandisseur, trois bacs en plastique de couleurs différentes, des bouteilles de produits grises, quelques pinceaux dans un pot, des tubes de peinture, des boîtes de papier noires, un massicot et des chutes de papier encore éparpillées, comme si l'artiste venait juste de terminer un travail et de quitter les lieux.

Sur plusieurs rangées de fils à linge, noyées dans l'ombre, des dizaines de photos étaient accrochées, les unes à côté des autres. Ce n'était donc pas vrai que Rémi n'avait jamais vu les photos de sa mère...

Il a allumé la lampe halogène, qui a jeté dans la pièce un grand cercle de lumière blanche et crue, qui n'atteignait pourtant aucun mur. Audelà de l'espace occupé par le laboratoire, il semblait s'étendre une espèce de grenier, très encombré de toutes sortes d'objets.

J'ai déambulé entre les rangées de photos suspendues. C'était toujours le même modèle, en effet, mais souvent maquillé et déguisé si outrageusement qu'on avait beaucoup de peine à le reconnaître. Sur les images en noir et blanc, Lola adoptait des poses et des expressions charmantes de jeune fille, voire de petite fille, surprise dans des gestes quotidiens : le visage plongé dans un bol de chocolat, les yeux levés vers l'appareil ; à plat ventre sur un lit en train de lire, les pieds croisés près des fesses ; le nez écrasé derrière un carreau dégoulinant de pluie ; en train d'essayer une robe devant la glace, avec des gestes de danseuse... Toutes ces images étaient d'une grande fraîcheur, mais il s'en dégageait pourtant un certain malaise, dû peut-être aux effets de perspective qui leur donnaient quelque chose de vertigineux.

Sur les photos en couleurs, elle se défigurait de façon abominable. Tantôt semblable à un cadavre, lèvres peintes en mauve, yeux cernés de marron ; ou complètement blanche et raide, nue, enveloppée dans une de ces pellicules de plastique transparent habituellement utilisées pour la congélation des aliments. Sur une image où son corps apparaissait entre des vêtements lacérés, elle montrait comme par défi une longue tignasse ébouriffée et un œil au beurre noir en regardant l'objectif d'un air vengeur ; sur une autre, elle était couverte de pustules ; sur une autre encore, déguisée en homme, elle arborait, assise jambes écartées, un renflement obscène sous son pantalon et un groin à la place du nez... Toutes les couleurs étaient extrêmement vives, tranchées, voire criardes, douloureuses à regarder.

Et puis il y avait ce portrait au visage ensanglanté. Je l'avais reconnue dès le premier tableau, mais celui-là finissait de m'accuser. C'était elle, la femme de la voiture, qui me regardait. Lola, la morte.

J'étais devant son fils, et cette fois je n'allais pas m'enfuir. J'étais presque soulagée. Ma victime avait un nom et une histoire, mon crime devenait plus lourd à porter, ma lâcheté allait être exposée à la haine de la personne la plus cruellement touchée par mon acte. L'aveu fait à Léon n'était rien, puisqu'il ignorait comme moi que j'avais tué celle qu'il attendait. Cette fois enfin j'allais pouvoir me délivrer, parler à quelqu'un qui comprendrait toute la mesure de ma culpabilité.

J'ai tout dit. Que je m'étais enfuie après l'accident, le trou rouge sur le front. Et qu'elle serait revenue cette nuit, si je ne l'avais pas tuée.

Je suis sortie du cercle de lumière, parce que des étoiles noires s'étaient mises à pleuvoir devant moi, partout où je regardais.

Dans l'ombre, le sol était jonché de meubles et d'objets au milieu desquels il fallait se frayer un chemin. On ne voyait toujours pas de murs. Très vite les ténèbres se sont refermées sur moi. Je me suis retournée vers le halo blanc où se tenait Rémi, immobile, là-bas, face à moi. Je me suis demandé s'il pouvait me voir, malgré l'obscurité qui m'entourait. On aurait dit un enfant.

J'ai continué à avancer- en trébuchant dans ce dédale. J'avais mal à chaque respiration, comme si ma gorge s'était refermée et refusait de laisser passer l'air, comme si ma poitrine était enserrée dans un étau.

J'ai entendu Rémi arriver derrière moi, j'ai eu peur, j'ai voulu courir, je suis tombée. Il est tombé sur moi, il a crié, je l'ai pris dans mes bras, et on a pleuré tous les deux, sans desserrer notre étreinte, en se balançant et en se berçant.

« Alors elle est revenue me voir », a dit Rémi. On est restés dans le noir, immobiles, serrés l'un contre l'autre, et on a parlé, à voix basse. « Tu as vu comme elle te ressemble ? » Je n'avais rien vu. Il a dit que c'était pourtant frappant, sauf qu'elle avait les yeux noirs.

« Quand j'étais petit, a dit Rémi, le soir elle venait m'embrasser dans mon lit pour me souhaiter bonne nuit. »

Là-bas on devinait le cercle blanc de lumière, posé tout cru contre les visages grimaçants de Lola. Je me suis dit qu'après tout, elle se faisait peut-être toutes ces têtes horribles juste pour s'amuser, une sorte de théâtre de guignol privé. J'essayais de me souvenir de toutes ces images, et finalement je ne savais plus que penser. Si je devais les trouver cocasses, ou quelque chose de plus triste. Bien sûr, mon impression première avait été faussée, parce que c'était comme un fantôme revenu me montrer du doigt, tous ces yeux noirs.

Quatrième cercle
Lola

L'oubliette

Il y a des choses qu'elle m'a dites, a continué Rémi. Des choses que ni Léon ni Stanislas ne racontent jamais. Pourquoi elle est partie la première fois, quand elle avait juste l'âge que j'ai maintenant. Tout remonte à mon grand-père paternel.

« Il s'appelait Ronan. Allemand par son père, français par sa mère. Dans les années trente il vivait à Berlin, où il enseignait l'histoire à l'université Humboldt. C'est là qu'il a rencontré la mère de Lola. Ottla, une juive hongroise, étudiante.

« Il aurait pu l'épouser et partir avec elle, mais il était déjà fiancé avec une autre femme. Il a reculé la date de son mariage pendant un an, mais il n'a pas eu le courage de rompre. Finalement c'est Ottla qui est partie. Parce qu'elle voyait bien qu'il ne se déciderait pas, et parce que c'était devenu difficile de rester à Berlin. Elle est rentrée à Budapest, et Ronan a épousé sa princesse russe, Véra, ma grand-mère.

« Léon est né en 1934. En 1938, comme l'avaient déjà fait beaucoup de ses collègues, Ronan a quitté Berlin pour fuir le nazisme, et s'est installé à New York avec sa famille. Là-bas, il est devenu marchand d'art, et il a gagné beaucoup d'argent.

« Pendant que l'Europe était à feu et à sang, il a trouvé dans un vieux livre la légende de ce château, avec l'histoire des Cagots, et surtout celle du trésor fabuleux, et jamais retrouvé. Il avait dû devenir un peu fou, parce que, aussitôt après la guerre, il a acheté le château, qui était alors une ruine, et il s'y est installé avec sa femme, Léon et Stanislas, alors juste âgé d'un an. Véra, qui était habituée à un autre confort, est tombée malade, et peu de temps après, elle est morte.

« Lola disait que Ronan se comportait mal avec Véra, parce qu'il n'arrivait pas à oublier Ottla, qu'il avait laissée partir. Lola disait aussi que s'il était rentré d'Amérique, ce n'était pas seulement pour le trésor. C'était surtout parce qu'il voulait savoir ce qu'était devenue Ottla, et aussi se punir en s'enfermant ici.

« Après la mort de Véra, il est parti à Budapest pour essayer de retrouver la trace d'Ottla. Là-bas, il a appris qu'elle avait été déportée en 1944, et qu'elle était morte à Auschwitz un jour de mai, avec toute sa famille, pendant cette période où on gazait et brûlait dans le camp douze mille personnes par jour.

« Il semble qu'un an plus tôt, elle aurait rencontré dans un grand café de la ville un violoniste tzigane, qui aurait été déporté à Auschwitz lui aussi, et qui y serait mort cette nuit d'août 1944 où ils ont brûlé quatre mille Tziganes. C'était lui le père de Lola. Malgré toutes les questions de Lola, Ronan a toujours dit qu'il n'avait pu recueillir aucun témoignage sérieux sur lui, ni sur les circonstances de sa rencontre avec Ottla.

« Lola était née en février, et juste avant la rafle, Ottla avait eu le temps de la confier à une voisine. Ronan a réussi à la retrouver, une petite fille très brune, dans un orphelinat de Budapest. Il l'a ramenée au château.

« Lola avait alors le même âge que Stanislas, cinq ans. Ronan a mis les deux enfants en pension, comme Léon, qui était alors adolescent. Mais pendant dix ans, ils ont passé tous les trois leurs vacances ensemble au château. Depuis que je suis petit, chaque fois qu'ils me trouvent bizarre, Léon et Stanislas disent que je suis comme Lola, quand elle était enfant. Sauf qu'elle, ils l'adoraient...

– Toi aussi, ils t'aiment.

– Lola disait que Ronan aussi l'adorait de plus en plus, parce qu'elle ressemblait de plus en plus à Ottla. Alors, un soir de l'été 1961, quand elle a annoncé qu'elle était enceinte, mais qu'on ne pouvait pas savoir si c'était de Stanislas ou de Léon, Ronan est entré dans une rage folle et il l'a chassée du château. C'est pour ça qu'elle est partie.

– À dix-sept ans ? La première fois ?

– C'est elle qui me l'a raconté. Mais Léon et Stanislas ne veulent jamais en parler.

– Et elle t'a dit ce qu'est devenu le bébé ?

– Elle disait qu'il n'était pas né.

– Et qu'est-ce qu'elle a fait, ensuite ?

– Ensuite, elle n'aimait pas raconter. Elle disait qu'elle avait voyagé. Elle disait qu'il fallait que je sache tout ce qui s'était passé avant ma naissance, parce que c'est terrible de ne pas savoir d'où on vient. Mais que ce qui concernait sa vie d'adulte, à elle, devait rester privé. Parfois elle me demandait pardon de me raconter tout ça alors que j'étais encore si jeune, mais elle avait peur qu'ensuite il ne soit trop tard.

– Et tu crois que Léon et Stanislas savent ce qui s'est passé pendant ces huit années ?

– Peut-être.

– Viens avec moi. On va le leur demander. »

Rémi m'a regardée, et il a dit :

« Pourquoi tu veux savoir, toi ? »

Je n'ai pas répondu. Il m'avait raconté toute l'histoire d'Ottla et de Lola avec la maturité d'un homme. Je l'enviais. Il savait d'où il venait, il n'était pas exclu, comme moi, du drame et de l'histoire du monde. Moi aussi j'avais envie que l'horreur soit inscrite dans ma chair, afin qu'elle ne fût plus aussi insupportable, insupportable et incompréhensible comme un corps étranger. Je regardais Rémi, sa peau brune et ses cheveux blonds, et je me disais qu'on devait se sentir à la fois plus responsable et moins coupable, quand l'histoire coulait directement dans vos veines. Et moi ? Pourquoi étais-je toujours en dehors, moi ? Moi aussi je voulais faire partie du monde, pour en admettre mieux toute l'horreur, et ensuite pour mieux accepter l'amour, pour mieux croire que l'amour existe, pourtant.

Il a hésité un peu, et il a ajouté :

« Bon. Si tu le veux vraiment, on y va. Ils sont tous les deux dans l'oubliette. »

Lola

Nous sommes repassés devant la chambre de Rémi, nous avons pris le chandelier et nous sommes descendus à l'oubliette. Ils étaient là tous les deux. À la lueur d'un autre chandelier, armés d'une pelle, ils creusaient la terre à côté du petit tas de cailloux blancs. Stanislas s'est arrêté, et il a dit :

« Je suis allé la chercher. »

Il a éclairé l'autre coin de l'oubliette. Elle était là, couchée sur la surface plane où Stanislas avait dit que devaient dormir Marie et Luz, avec le trou rouge sur le front.

J'ai senti des picotements au bout de mes doigts, et puis je n'ai plus rien vu du tout. J'ai cru que j'étais devenue aveugle. J'ai eu le temps de dire : « Je vois tout noir », et je me suis évanouie.

Ils m'ont réveillée avec des gifles, et ils m'ont tendu une pelle. Rémi était déjà au travail.

J'ai regardé du côté où j'avais vu Lola allongée sur le sol. Elle y était toujours.

« Comment avez-vous su ? ai-je demandé.

– C'était sa nuit, a dit Léon. Vous m'avez

raconté l'accident, Stanislas est allé vérifier, il l'a trouvée. »

Je me suis mise à creuser avec eux. Chacun à un coin du rectangle. C'était difficile, à cause des rochers.

La pelle butait sans cesse sur des cailloux, avec un bruit métallique. Il fallait dégager la terre tout autour, et puis les soulever et les transporter au fond de l'oubliette. La pierre était glacée. Quand les rocs étaient trop gros, je devais demander de l'aide.

Lorsque le trou a été assez profond, ils sont allés chercher Lola, et ils l'ont mise dedans.

Je suis descendue dans le trou. J'ai demandé un mouchoir, et je l'ai mouillé avec ma salive. J'ai nettoyé le sang sur son front et sur ses joues, arrangé ses cheveux noirs autour de son visage, ses vêtements sur son corps.

Ils s'apprêtaient à remettre la terre, mais j'ai réclamé d'abord la vérité sur Lola. J'ai dit que Rémi avait le droit de savoir. J'ai demandé pourquoi ils l'avaient laissée partir, alors qu'elle était une toute jeune fille et qu'elle était enceinte.

Rémi était assis par terre, il pleurait. Finalement, ils se sont mis à parler.

Ensuite, nous avons jeté la terre sur le corps.

Le secret de Lola

Ce que j'ai appris de Léon et de Stanislas, c'est qu'après son départ du château, Lola est allée vivre à Paris. Les premiers mois, elle a été serveuse dans un bar. Quand son ventre est devenu trop rond, elle a arrêté de travailler et elle est retournée chez elle attendre la date, seule.

Le moment venu, elle est entrée à l'hôpital, a mis l'enfant au monde. Et elle est repartie toute seule, sans le bébé.

Ce qu'elle a fait ensuite, comme Léon me l'avait déjà dit, elle n'a jamais voulu le raconter.

Ce que je n'ai pas appris à Léon et à Stanislas, c'est que la petite fille que Lola a eue, c'est moi. Moi, l'orpheline, qui croyais avoir renoncé à trouver mes parents. La date et le lieu de naissance concordent, et Rémi avait raison : je lui ressemble trait pour trait. Je m'en suis rendu compte en nettoyant son visage, dans le trou. J'avais l'impression de me démaquiller.

L'aube

Malgré tout ce qui s'est passé, je suis contente d'avoir retrouvé mes parents. Il me reste un petit frère. Il ne saura jamais, lui non plus.

Il a cessé de pleuvoir depuis longtemps, il me semble. Je commence juste à apercevoir les carreaux de ma fenêtre.

Maintenant j'ai faim, j'ai envie de rouler, de respirer. J'ai passé tout ce temps à écrire, et je vais apporter toutes ces feuilles dans l'oubliette. Tu as gardé ton secret, garde aussi le mien, Lola.

La nuit lentement ouvre ses paupières, l'aube va paraître. Au milieu de l'iris clair du jour, le trou noir de la pupille poursuivra sa veille, dernier cercle de la nuit.

À l'aube, à demi couchée dans un lit de fer aux colonnes tordues, plus pâle que ses draps où sont éparpillées des feuilles bleuies d'encre fraîche, comme si on lui dictait un message urgent, elle finit d'écrire.

Maintenant elle rassemble ses feuilles, tient le paquet entre ses deux mains, jette lentement la tête en arrière, prend une longue inspiration, semble sourire. Puis elle se lève, ouvre la fenêtre, se lave, s'habille.

Comme après qu'elle m'a laissée sur la route, je la suis, je reste auprès d'elle. Depuis qu'elle m'a enterrée, elle ne me voit plus. J'observe son visage, je regarde son corps, je vois en elle tout ce que je ne savais pas de moi. Bientôt elle va me quitter, comme je l'ai abandonnée, moi.

Elle prend son paquet de feuilles, sort de la chambre. La lumière de l'aube entre un peu dans le couloir par les meurtrières de chaque extrémité. Elle rejoint l'escalier, retrouve le chemin de l'oubliette. Stan n'a pas refermé la grille, il savait bien que je recevrais des visites.

Ici aussi, la lumière du jour entre par la petite fenêtre, tout là-haut, à ras du sol, et jette un rayon blanchâtre sur le rectangle de sol fraîchement remué. Elle s'agenouille, gratte la terre de ses mains. Dès qu'elle atteint la poitrine, dès que le trou est assez grand, elle y dépose le manuscrit.

Elle rebouche le trou, reprend le couloir sombre, remonte les escaliers. Elle entre dans la chambre de Rémi, ressort avec lui. Elle a les mains noires, de la terre sous les ongles.

Dans la lueur chiche de l'aube, le château n'est plus qu'une vieille bâtisse un peu triste. Ils ferment la porte derrière eux, lèvent la tête, semblent observer quelque chose. Sans doute un oiseau, un rapace au vol immobile dans le ciel sans couleur.

Ils montent dans la voiture, et la voiture s'enfonce et disparaît dans le chemin, au creux de la forêt.

Table des matières

Achevé d'imprimer en Mars 2000
sur les presses de l'Imprimerie de Montligeon
61400 La Chapelle Montligeon
Dépôt légal : Avril 2000
N° 19746 - N° d'édition : 126